COLLECTION FOLIO

Irène Némirovsky

Ida

suivi de

La comédie bourgeoise

Denoël

Ces nouvelles sont extraites de *Films parlés* (1934).

Irène Némirovsky, née à Kiev en 1903, fut contrainte à un premier exil lorsque, après la Révolution russe, les Soviets mirent à prix la tête de son père, un financier. Après une année passée en Finlande et en Suède, elle s'installe à Paris. Polyglotte, riche de ses expériences et passionnée de littérature, Irène a déjà publié deux romans et quelques nouvelles lorsque, en 1929, elle envoie à Bernard Grasset le manuscrit de *David Golder.* Et Irène devient une personnalité littéraire – injustement oubliée pendant des années – fêtée par les princes de la critique. Henri de Régnier, Tristan Bernard, Paul Morand sont ses familiers. Il ne faudra pas dix ans pour que ce rêve tourne au cauchemar : victime de l'« aryanisation » de l'édition, Irène n'a plus le droit de publier sous son nom tandis qu'il est interdit à Michel, son mari, d'exercer sa profession. La guerre lui arrache de nouveau son foyer, puis la vie. Elle ne vit pas l'exode, mais elle l'observe du village du Morvan où elle trouve refuge, avant d'être déportée à Auschwitz en juillet 1942 où elle est assassinée sans avoir achevé son ultime roman, *Suite française.*

Lisez ou relisez les livres d'Irène Némirovsky en Folio :

SUITE FRANÇAISE (Folio n° 4346 et Folioplus classiques n° 149)

LE MAÎTRE DES ÂMES (Folio n° 4477)

CHALEUR DU SANG (Folio nº 4721)
LES VIERGES *et autres nouvelles* (Folio nº 5152)
LE MALENTENDU (Folio nº 5286)
FILM PARLÉ (Folio 3 € nº 6582)
L'ENNEMIE (Folio nº 6994)

IDA

Elle apparaît au faîte d'un escalier de trente marches d'or, comme cinq ou six autres femmes, tous les soirs, dans les music-halls de Paris ; elle descend entre des girls nues, coiffées d'un chaperon de roses, qui tiennent à la main, chacune, un parasol d'or. Des pendeloques de verre, des pierres taillées, des miettes de miroir entourent son visage ; un long manteau tissé d'or, des perles et des plumes la couvrent. C'est une femme, qui, depuis longtemps, n'est plus jeune ; ses jambes sont belles encore, mais elle porte sur les seins un corselet de pierreries, car il faut bien que tout s'use...

— Pourquoi, disent les femmes, Ida Sconin, et non une autre ?... Pourquoi ce renom, cette gloire ? Elle est vieille. Elle ne sait pas chanter. Elle est étrangère.

— Pourquoi, songent-elles, ces perles, ces pierreries, ces fourrures précieuses ? Pourquoi pas une fille de vingt ans ?... Pourquoi pas moi ?...

Elles se penchent, suivent du regard la longue jambe, le pied aux ongles peints qui effleure la marche d'or. Le ventre est lisse et intact. Dans une loge, une femme de trente ans le regarde avec avidité et songe à son corps, à ses flancs, qui depuis la dernière maternité n'ont jamais retrouvé leur dessin, leur éclat, leur courbe. Un petit sifflement passe entre ses lèvres serrées :

— Cette femme… Voyons, il n'est pas possible de trouver une belle fille de vingt ans qui sache descendre un escalier ?…

Paris la contemple avec une sorte de sourde hostilité, l'admire mais, jamais, il ne lui a donné son cœur, comme à d'autres. Elle n'est pas aimée. Elle n'est pas d'ici. Les étrangers ont fait sa gloire au lendemain de la guerre, au temps des vaches grasses, des années d'abondance, où la terre regorgeait de pain, de travail et d'or, où il était facile de s'enrichir dans tous les pays du monde (on prenait une valeur à la Bourse, au hasard, et elle montait comme la fièvre). Elle était la joie et la délectation des Américains, des bouchers et des mineurs enrichis et des beaux gigolos, si heureux, si vite comblés, aux hanches larges, aux épaules étroites, couleur de cigare, de pain bis, de tabac blond. Ils la préféraient aux actrices françaises, trop fines et trop maigres, qui les supportaient avec le sourire lointain, courtois et crispé d'une hôtesse fatiguée.

Ida Sconin… Personne au monde ne porte comme elle le casque de plumes, l'or et les perles. Les étrangers sont partis, mais Ida Sconin demeure et règne.

Elle éblouit, obsède Paris et la province. Dans de tranquilles sous-préfectures, devant l'hôtel de ville, endormi, on entend sa voix fixée sur les disques chanter *Mon bel amour*. Sur les murs de Paris, son image apparaît à chaque tournant de rue ; debout, demi-nue, sur un escalier d'or, la tête dressée sous l'amas de plumes d'autruche ; son nom étincelle, spasmodiquement éteint et rallumé à travers le doux brouillard lumineux des soirs de Paris.

— Toujours la même chose, disent les femmes ; elle ne se renouvelle même pas…

À quoi bon ?… Chanter : *Mon bel amour*, porter sur la tête un casque d'aigrettes roses, sourire, tourner lentement la tête, montrer ses jambes et son ventre, écouter, sans un froncement de sourcils, les paroles échangées dans une avant-scène entre deux vieilles Américaines sourdes, plâtrées de rouge et de blanc de céruse :

— *My dear !… She is too wonderfull ! She doesnt look a day older than fifty !…*

Répéter tous les soirs, le même salut, la même chanson, rire avec le même mouvement exactement, ce renflement doux et voluptueux de la gorge, encore belle et pure comme une colonne, elle connaît le secret de la renommée, qui est de durer coûte que coûte, de fixer dans la mémoire des hommes une image immuable. Tout, jusqu'à son parfum, demeure depuis des années pareil. Et lorsque, au moment de chanter, sa bouche se fronce légèrement et que ses lèvres s'entr'ouvrent avec lenteur, comme le cœur d'une rose, on oublie que son visage a changé et vieilli. Elle est exactement celle que l'on attendait, sans surprise ; le vieil Américain aux dents d'or qui l'applaudit, se souvient de sa jeunesse, des soirs de guerre, des petites femmes de Maxim, écrasées contre lui, frottant leur tête à la hauteur de son ceinturon d'officier, de l'Armistice, des batailles dans les cafés, à coups de siphon et de canne, des années de prospérité. Il n'en demande pas davantage. Elle a importé à Paris le goût de la revue à grand spectacle, du faste, du scintillement des pierres taillées sur la gorge nue des femmes.

Elle connaît la valeur provocante de son corps mal caché sous des étoffes épaisses et lourdes, et entouré de femmes nues. Elles étaient cinq ou six, d'abord, mais le public s'est blasé, et on a cru le retenir en augmentant leur nombre de saison en saison. Elles ne sont plus cinq maintenant, ni dix, mais quarante, mais cent, un flot, une mer mouvante, jambes, cuisses, seins, dos nus, que la poudre et le fard recouvrent de la même teinte uniformément rose de jeune porc fraîchement tué. Cet étalage lasse le désir, et, alors, Ida Sconin apparaît, la taille serrée entre deux immenses paniers de satin noir et or. Elle porte les plumes accumulées sur sa tête sans faire paraître d'autre fatigue que le petit pli léger d'effort au coin des lèvres, qui, dès le troisième rang de l'orchestre peut passer aisément pour un sourire.

Les lumières, sur la scène, s'éteignent, et, seuls, les feux croisés des projecteurs l'éclairent. Elle est grande, droite, cambrée, le menton impérieux ; son beau visage meurtri exprime l'orgueil insolent, le défi ; depuis quelque temps seulement, le sourire vigilant, parfois, s'efface ; l'assurance triomphante de son regard et cette volonté de bonheur à tout prix, marquée sur ses traits, s'adoucissent, se tempèrent d'inquiétude. Mais seules, les girls qui l'entourent s'en aperçoivent, comme seules, elles peuvent voir, pendant le grand défilé des Gemmes et Joyaux, entre les réseaux de perles qui coiffent Ida Sconin, ses cheveux, jadis noirs, teints en une couleur d'or éclatante, reteints en rouge sombre, puis en un blond léger d'argent, et, de nouveau, rouges comme une flamme, qui, torturés, ont perdu enfin toute apparence humaine et sont devenus secs et crépitants comme de la paille, et dont un seul jour de repos suffirait à faire apparaître la racine de neige sous la couche de peinture.

Les girls lèvent et abaissent, alternativement, le bras gauche et le bras droit ; un rythme de houle agite cette mer de filles nues, sous leurs chaperons de roses. Ida Sconin parade au milieu d'elles ; ses jambes nues repoussent d'un mouvement paresseux le flot de velours, de paillettes, de satin. Lorsqu'elle s'arrête, les girls contemplent avec malveillance ce cou pur et fort, agité d'un imperceptible tremblement, mais qui supporte sans broncher le harnachement de plumes et de fleurs. Aux tempes, sous la résille d'or, les gouttes de sueur perlent sur la peau.

Elles murmurent :

— Vise-la… C'est pas possible, elle va s'écrouler…

— Mais, bon Dieu, qu'est-ce qu'ils peuvent bien lui trouver encore de bien, à cette femme-là ?

— Elle a de la veine, voilà tout, ma vieille. Pas comme toi ni moi.

Elles songent :

— Une chance insolente, oui !… Pas autre chose… Rosse comme pas une, d'ailleurs, et le cœur aussi dur qu'une pierre. Même pas de béguins, pas de caprice, sauf sa prédilection bien connue pour les garçons très jeunes et très beaux, qui font docilement l'amour une semaine, quinze jours, et passent. Depuis quelque temps, on ne lui connaît même pas de liaison.

— À quoi bon les hommes, d'ailleurs ? songent les girls avec amertume. Elle est payée mieux qu'une star américaine…

Sur deux rangs, elles lèvent, à présent, l'une après l'autre, leurs jambes éclairées par les feux des projecteurs, se renversent en arrière et rejettent vers l'ombre leurs visages fatigués, indifférents.

Le chef d'orchestre du bout de son bâton, semble ramasser des ondes éparses, les ramener vers la vedette. Elle agite doucement de sa main libre les plumes roses de l'éventail. Elle hume la chaleur, la douce poussière rayonnante des projecteurs. Le théâtre bourdonne à peine d'un murmure assourdi, comme le ronronnement de la mer. Elle chante, elle sourit, elle danse, mais une seule pensée, un seul souci l'habitent : la cote !... le chiffre des recettes.

Elle songe :

— On a fait cent mille, hier, samedi, entre la matinée et la soirée. Aujourd'hui autant. Nous montons régulièrement... »

Et elle voit en imagination cette ligne ascendante, qui fait dire aux producteurs, avec respect :

— Ida Sconin fait recette.

Parole magique : elle le sait. La seule qui barre la route à ces jeunes femmes brutales, pressées, aux dents longues, qui, toutes, guettent, depuis des années, sa place, n'attendent qu'un faux-pas, un fléchissement, un jour de maladie ou de fatigue, le moment où l'âge si longtemps vaincu, la terrassera à son tour.

— Attendez, songe-t-elle. Ce n'est pas pour demain encore...

Bien des jours encore, Paris verra sur ses murs son image fraîchement repeinte ; chacune de ses chansons sera fredonnée par les ouvriers, les chauffeurs de camion, les gamins des rues ;

chaque soir, des lettres de feu traceront au faîte des maisons :

IDA SCONIN

IDA SCONIN

IDA SCONIN

Croient-elles vraiment, toutes ces filles, ces rivales, qu'elle se laissera abattre parce qu'elle a soixante ans et davantage ? Toute sa jeunesse, elle a attendu, comme elles, la gloire, l'argent, le bruissement flatteur de la foule sur son chemin :

— Ida Sconin… Ida Sconin… Vous avez vu ?… Ida Sconin…

La renommée ?… On s'en rassasie aisément à vingt ans, mais elle en avait plus de quarante quand elle l'a obtenue. À cet âge-là, comme l'eau de la mer elle altère seulement davantage. Jusqu'à la guerre, malgré ses émeraudes, ses amants, son bluff, elle n'avait que des miettes de gloire, les échos dans les petits journaux de chantage, une parole entendue par hasard ; « Ida Sconin ?… Connais pas… Ah mais si, une jolie fille… »

Depuis quinze ans seulement, elle récolte le fruit d'une longue patience. Certes, elle ne se fait pas d'illusions. Ce n'est pas grand-chose, cette rumeur, cet éclat, pour aboutir à quoi ?... À une femme nue, qui descend les marches d'un escalier d'or... Mais si elle a eu d'autres rêves, elle sait, depuis longtemps, qu'il faut se contenter, au terme d'une vie humaine, de ce demi-échec qui s'appelle réussite, espoirs comblés, couronnement d'une carrière. — Est-ce qu'elles savent, ces filles ?... Est-ce qu'elles se doutent de la somme de travail et d'effort qu'elle a dû fournir pour arriver à un but dérisoire, mais qui, malgré tout, est un sommet pour elle, un triomphe ?... La lutte épuisante contre le temps, contre les hommes... Ces hommes qui si durement, si chèrement, ont vendu chacun sa faveur, son appui, un mot d'encouragement, une aide, elle les revoit dans sa mémoire.

Grosses faces fleuries, lèvres plates et rasées, paupières lourdes, vieilles bajoues tombantes, souvenirs, servitude du passé, assurance prise maintenant encore, contre les dangers de l'avenir (ce vieux financier et cet antique président du Conseil, qui, alternativement, partagent sa couche)... Il lui semble parfois qu'elle n'aura jamais assez de baisers, de jeunes bouches, de chairs fraîches pour effacer la souillure de ces mains noueuses, de ces corps flétris, de ces ventres ballonnant sur de courtes jambes, de ces bouches molles soufflant leur plaisir entre ses seins...

Qu'elles attendent, ces belles filles, comme elle l'a fait elle-même !... Qu'elles dépensent leur jeunesse et leur beauté, comme elle, avec intelligence, avec patience !... Elle ne cédera pas la place.

Elle rit, salue, se dresse au milieu de la scène ; les lumières ruissellent sur son corps.

Le rideau brodé d'or et de rose, à ses couleurs, se baisse lentement.

La sortie des artistes. Ida Sconin traverse le trottoir, que la pluie légère a mouillé à peine, verni plutôt comme un tableau fraîchement peint. Trois mois ont passé. Il est deux heures, une nuit de juin ; un bref instant d'obscurité et de silence entre deux crépuscules argentés. Les premiers lilas fleurissent les jardins de l'Élysée. Les réclames lumineuses tournent paresseusement, vont bientôt s'arrêter. Sur le doux ciel transparent de petites flammes jaunes courtes et brillantes tracent :

IDA SCONIN

Elle tient des roses dans ses bras. Elle dit tout haut, en passant devant la foule curieuse :

— Quatre cents bouquets et gerbes hier... C'est trop. Et ces félicitations, ces lettres... Ils me tueront.

Elle repousse doucement de la main l'ami fidèle qui, à voix basse, la sollicite :

— Non, non, je suis brisée… La matinée du samedi, la soirée, la matinée, la soirée du dimanche… Cher, je suis morte…

— Vous êtes fraîche comme un bouquet de roses.

— Flatteur !…

Le public regarde, écoute, tente de deviner les paroles échangées devant la longue voiture étincelante.

Un garçon, tête nue, le cou enveloppé d'un cache-nez rouge, tient une botte de roses serrée contre son cœur. Il pâlit, il hésite.

Se doute-t-il que si Ida Sconin, debout devant la portière entr'ouverte, incline légèrement son fin visage fardé, meurtri, lève le col de fourrure précieuse et s'attarde, c'est pour lui, très humble ? pour lui laisser le temps de prendre courage, de s'avancer vers elle, pour qu'elle puisse accepter ses roses, les respirer, prononcer d'une voix douce et rauque :

— Oh, les belles fleurs !… C'est pour moi, ces belles fleurs-là ?… Merci, Monsieur…

Ainsi, chacun pensera :

— Elle est encore étonnante. Même de près, elle ne paraît pas vieille… Combien d'amoureux elle doit avoir encore !…

Vous voyez bien que c'est une légende, et son âge, et les jeunes hommes qu'elle paie…

Elle est encore très bien… »

Enfin, le garçon s'est approché, a tendu timidement ses fleurs par la portière ; elle a souri ainsi qu'il convenait, abaissé sur lui ce regard qui n'est plus, hélas, ni voluptueux, ni vicieux, comme elle voudrait le faire croire encore, mais sage et profond, car il est plus facile d'effacer des rides que de masquer l'expression lucide et fatiguée d'un regard de vieille femme, pleine d'expérience.

Cependant, elle incline la tête, murmure de sa voix basse, un peu rauque et chantante :

— Pour moi ?... Ces belles fleurs ?... Oh !... (un temps d'arrêt, encore un sourire). Merci, Monsieur...

Voici la dernière scène jouée pour aujourd'hui. L'auto peut partir. Elle aime ce trajet à travers le Bois endormi et silencieux, et tout à coup, bruyant et illuminé. La Cascade est éclairée d'un rayon électrique vert tendre. Sa maison est en bordure du Bois.

Elle laisse retomber sa tête, ferme les yeux.

Elle se sent triste. Car elle a beau farder son visage, taillader ses seins et ses joues, masser son front, effacer tous les jours les rides, qui, toutes les nuits, inlassablement, se reforment, elle ne peut empêcher que son âme, par moments, s'essouffle et se fatigue plus vite que son corps.

Elle s'abandonne, à présent. Son menton retombe, heurte mollement sa poitrine, qui oscille de gauche à droite à chaque mouvement de l'auto. Elle essaie de réagir, de regarder par la portière. Mais non ! À Paris, le mouvement, le bruit des rues, les éternelles lumières enivrent ; elle se sent là-bas plus alerte, plus combative, plus vivante. Ce silence l'engourdit, l'amollit, la détend trop.

— À partir de quarante ans, songe-t-elle, il faudrait habiter la Butte Montmartre, éternellement.

Elle est rentrée. Enfin, la toilette de la nuit, elle-même, est terminée. Elle est couchée. Son visage, son front, ses mains, son cou sont enveloppés de bandelettes, enduites de crème épaisse. Une odeur d'herbes, un vague relent d'huile s'en exhalent. La fenêtre est ouverte, et le long de la pelouse l'aurore de juin va laisser glisser son premier rayon de feu. La femme de chambre a refermé avec soin les volets, tiré les lourds rideaux.

Elle devrait dormir. Autrefois, il était facile de s'endormir et de se réveiller aux heures qu'elle avait fixées. Elle avait discipliné son corps comme une machine. Dès qu'elle était au lit, après les soins, le long bain tiède, le sommeil sans rêves s'emparait d'elle.

Le réveil, six heures plus tard, la douche, la gymnastique, le massage, d'autres soins… Puis la répétition, le travail. Jamais un jour de maladie, ni de paresse, ni de fatigue. Mais depuis quelques mois le sommeil la fuit. Son cœur bat tantôt trop vite, tantôt trop lentement, et, parfois, il semble s'arrêter une seconde, buter contre un obstacle invisible et reprendre, en tâtonnant, péniblement, sa route, la laissant haletante, les membres glacés, les genoux tremblants.

— Surmenage, dit le médecin.

Elle devine bien ce qu'il pense en cherchant son cœur et en soupesant légèrement au passage ce sein tout neuf que l'on a taillé, reformé, modelé, pour la deuxième fois cet hiver. (Il sera prêt à être exhibé triomphalement cet automne, pour la nouvelle revue ; elle le tient en réserve jusque-là et le cache.)

— À la longue, il faut bien que tout s'use, songe le médecin, mais il murmure : « Vous avez une santé admirable, insolente... »

Les mots si souvent entendus, si souvent répétés...

— Toutefois, prenez garde... n'abusez pas...

Oui, elle a vieilli... Ce cœur indocile, et cette mémoire radoteuse qui, dès qu'elle est seule, éveille, sans répit, les souvenirs du temps écoulé. Comme une mécanique déréglée, elle s'entête à faire passer et repasser inlassablement, au fond d'elle-même, de vieilles images inutiles... déplaisantes...

Elle ferme les yeux, déplace avec précaution le masque de crème qui lui enserre la figure, s'efforce de revoir en esprit l'affiche qui, dès septembre, fleurira sur les murs de Paris :

« Le 15 novembre, la grande première de gala à bureaux ouverts pour la nouvelle revue de l'Impérial. L'illustre vedette Ida Sconin chantera et dansera dans *Femmes 100 %*, nouvelle production de MM. Simon et Mossoul, actualisée par M. Archibald d'Hupont, M. Stanislas Goldfarb et M. Malt-Lévy. Ballets et ensembles de M. Jacques Josseline. L'orchestre de Mac-Lloyd accompagnera le spectacle qui comprend une formidable distribution. »

Elle mesure en imagination la grandeur des lettres qui composeront son nom, les oppose à celles qui forment actuellement les noms de ses rivales les plus redoutables.

Chaque commencement de saison marque pour elle le début d'une bataille, qui, d'année en année, devient plus dure et plus incertaine. Celle-ci le sera particulièrement…

Elle soupire. Il lui semble revoir Simon, devant elle, et entendre ses paroles :

— Attention… Le public se lasse… Vous êtes admirable, merveilleuse… mais, mais…

Comme à l'ordinaire, lorsqu'il lui parle et désire l'amadouer, il tremble d'un zèle excessif, frotte sa grosse tête pensive, incline son long nez, tord davantage sa bouche frémissante et sinueuse, et ses longues mèches noires se répandent sur son front. Cet homme a pour elle une admiration et une affection sincères, mais, pardessus tout, il tient à ce qu'il nomme sa gloire ; avec désespoir mais fermeté, il la jettera pardessus bord, s'il le faut, si le public, effectivement, se lasse. Cette expression de ruse, de cupidité, de cruauté et de sensibilité mêlées, elle la voit peinte sur son visage, reflet fidèle de son âme.

Mais il ajoute, la voix tremblante :

— Vous savez que vous pouvez avoir confiance en moi, que je ne vous ai jamais menti ?... Vous me connaissez ?...

Et comme argument suprême :

— Qu'en pense Dikran ?...

Dikran, l'ami de cœur de Simon, est un Arménien gras et huileux ; il a une molle poitrine tremblante, des yeux à demi clos d'almée, noirs et luisants comme le raisin de Corinthe, et sortant de cette masse abondante de chair, une voix douce et musicale de femme, qui prononce les paroles les plus sensées :

— Ma chère, vous n'oubliez pas que vos capitaux sont engagés pour une bonne part dans la maison. Vous avez autant d'intérêt que nous à la bonne marche de l'affaire...

Simon contemple amoureusement son ami :

— Il a raison, toujours raison... Dickie, fais comprendre à la divine, à l'incomparable, que cette fille, cette Cynthia ne peut que lui servir de repoussoir, faire apprécier davantage sa beauté splendide... Car, enfin, c'est le même principe qui nous guide depuis longtemps dans notre production de femmes nues...

Elle a consenti enfin, mais, maintenant, le doute la ronge.

Cette masse amorphe de chairs nues, cette viande rose sur laquelle se détachait son corps, certes, cela ne pouvait en rien lui nuire, mais une femme nue, une seule, un corps unique de femme, la précédant devant le public las, ingrat, vite conquis…

— J'ai peur, songe-t-elle.

Elle s'est longuement raidie pour ne pas l'avouer à elle-même.

Même maintenant, dans l'ombre et la solitude, elle sent qu'elle s'abandonne, qu'elle se perd en laissant les mots se former dans son âme :

— J'ai peur…

(Elle, dont l'unique mérite, l'unique vertu sont le courage et l'insolence !)

Mais dès qu'elle les a prononcés, elle éprouve un sentiment de soulagement, de détente, de triste bonheur… Depuis si longtemps elle n'a pu se livrer, se confier à quiconque… Mais cela, non ! non !…

Elle se gourmande sévèrement. Il ne manquerait que cela ! S'attendrir, elle, Ida Sconin !…

— Pourquoi ai-je accepté ?… Pourquoi ? Par quel orgueil ?… Pour que le public dise : « Mais… c'est chic, au fond, c'est crâne, ce qu'elle fait là… Elle est donc bien sûre d'elle ?… Elle ne craint pas les comparaisons… » Ou bien parce que la cote des recettes, depuis deux mois, ne monte plus ? Ce n'est pas grave encore, c'est une très forte cote, mais le maximum n'est pas atteint, et il faut monter, sans cesse, sans répit, pour ne pas redescendre un jour proche.

Dans le jardin, les oiseaux chantent joyeusement. Un merle siffle entre les branches chargées de lilas.

Ida soupire. Ses doigts crispés se détendent, glissent sur le drap de soie. Heureuse encore d'être couchée seule dans ce lit, sous le dais rose et or !... Il n'y a pas si longtemps qu'elle peut se permettre le luxe de s'endormir ainsi, sachant qu'aucun visage d'homme, au réveil, ne se tournera vers elle pour lui prendre un baiser. L'amour est bon, reposant ; car sa douce fatigue fait oublier tant de choses... Ainsi les garçons qu'elle paie savent caresser et se taire, et elle ne leur demande rien d'autre. Mais les *amateurs*, songe-t-elle avec une sombre gaieté, et les vieux amis qu'elle ménage, qui viennent parler entre ses draps de leurs affaires, de leurs ambitions, des regrets du passé, de leurs vains désirs, quelle plaie !...

— Et cependant, songe-t-elle, cette gymnastique sans plaisir, cela vaut mieux encore que l'amour véritable...

Elle voit, en tournant la tête vers les volets clos, un feu vermeil briller sur la pelouse. Elle recule le moment où il lui faudra prendre, pour s'endormir, le cachet de véronal préparé sur la table.

— Prenez garde, a dit le médecin.

Un cœur de... mettons soixante ans et auquel on impose, nuit après nuit, un effort tel, ne se mène pas à coups de véronal... D'ailleurs, depuis un mois, elle a doublé, puis triplé la dose. Cependant, sans sommeil, les rides reviendront plus vite encore. Machinalement elle palpe les bandelettes de laine qui enserrent son front, les lisse d'une main légère et inquiète. L'amour... Des noms oubliés sonnent à ses oreilles, des visages surgissent de l'ombre ; le jour les effacera...

On dit d'elle :

— Une femme qui n'a jamais aimé, qui n'a jamais su que se servir des hommes...

Certes...

— Non, je ne suis pas « bonne fille », moi, murmure-t-elle soudain, avec une véhémence sauvage, et d'un vieux geste oublié, elle veut rejeter en arrière sa tête, mais songe à la teinture : (« Il faut agiter le moins possible vos cheveux, ils sont secs et cassants...) Elle se souvient de ce garçon qui s'est tué pour elle (Quelle belle réclame gratuite !), que l'on a trouvé gisant auprès d'elle, à Antibes.

— Ah, quelle mise en scène !... Ce mince corps blanc sur la terrasse, au clair de lune, ce filet de sang coulant sur les dalles de marbre... Quelle rentrée, ensuite, quel triomphe !... (Mais pour être absolument sincère, est-ce qu'il s'était tué par amour ?... Il était intoxiqué de cocaïne, et ce jour-là, à moitié fou.)

Certes, elle a été aimée. Elle savait tenir les hommes (Gabriel Clive, le premier, lui avait enseigné le pouvoir sur un désir d'homme d'une image incertaine et fuyante…) D'autres, les plus nombreux, étaient attachés à elle parce qu'elle flattait leur vanité et ils ne demandaient pas autre chose. À ceux-là elle ne donnait rien d'autre… De l'ombre, certains visages émergent qu'elle recherche avec plus de complaisance et une douceur secrète. Mais elle ne se fait pas d'illusions… Ce qu'elle goûte en eux, c'est sa jeunesse.

— Je n'ai donc jamais aimé, songe-t-elle une fois de plus. Non. Décidément, non. Que me fait l'amour ?… Ce qu'il me faut, ce que je goûte, ce qui me plaît, c'est l'amour d'une foule, l'ombre, le désir, ce rauque balbutiement qui monte dans la salle, lorsque j'apparais, cette convoitise anonyme… Comme j'aime cela… Le perdre ?… Non, j'aimerais mieux mourir… Mais pour le garder, il faut rester belle, fraîche, jeune… Il ne faut plus penser ni se souvenir, ne rien espérer, ne rien regretter, ne rien craindre…

Elle ferme les yeux et, de toutes ses forces, retient la palpitation nerveuse des muscles de l'œil. Elle répète dix fois, quinze fois, cent fois, comme une formule magique :

— Je suis calme. Je suis jeune. Je suis belle. Je veux dormir. Je dors.

Elle s'endort enfin.

L'automne.

Les dernières répétitions de nuit.

La salle est plongée dans l'obscurité. Seul, l'orchestre est faiblement éclairé. On entend préluder de petites flûtes de cristal.

Des mains invisibles règlent les lumières. Les faisceaux d'or, les rayons bleus palpitent et s'éteignent.

Sur la scène vide, la danseuse nue, Cynthia, accomplit les gestes de son métier.

— Elle est vraiment bien, cette petite, dit Ida Sconin.

Puis :

— Mais du train dont cela va, ma scène, je pense, passera au matin.

Elle a parlé assez haut, et tous s'immobilisent, l'interrogent du regard avec déférence. Elle agite la main d'un geste las, fait signe à Cynthia, qui s'est arrêtée comme les autres :

— Continue. Ne te trouble pas, ma petite...

Cynthia est une fille blonde et blanche de Chicago, *where beauty is cheap.* Elle a de longs yeux verts, des pommettes de sang tranchant sur le reste du visage, d'un blanc dur et éclatant, comme de la craie, une mâchoire carrée, des dents étincelantes. Son corps est maigre, agile, les membres longs et effilés font songer aux pièces d'un mécanisme d'acier.

— Elle n'est pas si belle, pense Ida. Moi, mon luxe, mon renom, mes joyaux...

Elle se sent pesante et engourdie. Elle est seule dans sa loge.

Elle a renvoyé les amis, les fidèles. Elle se tient très droite, raidie, cambrée, consciente des regards, qui, dans l'ombre, la cherchent et la reconnaissent, elle et son manteau d'hermines. (D'hermines, afin que l'on dise : « À son âge, elle ne craint pas le blanc, elle est étonnante ! »)

Beaucoup de monde.

— Pour une répétition de travail, songe-t-elle, on a de nouveau invité autant de gens que pour une générale... Mais il n'y a rien à faire, c'est une fureur.

Elle est très lasse. Trois heures bientôt. On a disposé auprès d'elle une aile de poulet froid et du champagne. Elle boit, par petites gorgées distraites. Elle hume cette odeur chaude, familière, poussiéreuse ; s'il n'y avait pas tout ce monde, elle s'endormirait, se reposerait mieux que dans sa maison. Elle se terre au creux de son théâtre, comme une bête dans son trou.

Elle s'endort à demi.

Cependant, elle tient sa tête droite, et une habitude mécanique vit en elle. Par moments, elle sort brusquement de sa torpeur, se redresse davantage, tend sa main à baiser vers une ombre qui passe entre les fauteuils, sourit, murmure :

— Bonjour, bonjour, vous !...

— Tiens, c'est gentil d'être venu !...

— Comment allez-vous, ma chérie ? Il faut que je vous embrasse… Comme vous êtes chou…

Mais, peu à peu, elle se tait, et on la laisse, on contemple de loin, avec des sentiments divers, la joue fardée de rose, la longue main blanche, ornée de bagues célèbres, qui pend, négligemment, sur le rebord de la loge.

Cynthia est partie. On plante des décors.

L'orchestre joue.

— Mais, songe Ida, ils ont démarqué Tararaboum-dié, simplement. Où donc ai-je entendu cet air-là ?… Où donc ai-je vu ce gros tzigane rouge ?

On répète l'inévitable scène rétrospective. Un cabinet particulier 1900 rouge et noir, des dentelles, un corset noir et un pot-pourri de vieilles valses.

— Je me souviens, songe Ida.

Pourquoi chercher si loin ? Dans la mémoire, certains visages, certains souvenirs devraient reposer, ensevelis à jamais… Mais malgré elle, ils l'obsèdent. Et elle s'aperçoit qu'elle soupire involontairement par instants. Comme une vieille femme solitaire… Elle s'éveille, fait un geste de la main à un homme qui passe et qu'elle ne reconnaît pas. L'éclairage est mal réglé. Le fond de teint de la chanteuse paraît vert.

— 1900… En ce temps-là… Oui, oui, inutile de ruser… Ce souvenir-là, en somme, c'est le seul qui compte… Gabriel et… enfin, Gabriel… »

Elle s'entend prononcer à haute voix :

— C'est comique, cette manie des rétrospectives, cela devient une tradition.

Quelqu'un rit. Quelqu'un demande :

— Et l'incomparable ne se sent pas trop lasse ?

— Moi ?… Oh, mon cher, c'est ma vie, cette existence de fièvre, vous le savez bien…

— Elle est merveilleuse !

Le Pré-Catelan, un soir de juin, doré et rose comme une pêche. Elle commence seulement à être connue, remarquée, regardée… Quel enivrement !… Elle sait bien qu'elle doit cela à Gabriel, à l'instant où entre mille autres femmes elle a seule su capter et retenir le regard de Gabriel Clive. Elle, étrangère, inconnue…

— J'étais belle, alors, et mieux que belle, songe-t-elle, et elle regarde avec une irritation amère Cynthia, assise à l'orchestre et ses longues jambes nues, brillantes, à demi recouvertes d'un méchant petit manteau de fourrure rouge.

Gabriel… Elle cherche à se rappeler son visage, et aussitôt elle le revoit, comme s'il était encore assis à ses côtés, incliné vers elle ; un grand nez busqué, presque crochu, comme un bec d'oiseau rapace ; des joues osseuses, aux méplats durs, des yeux clairs, à la pupille dilatée des intoxiqués, un long corps maigre et souple, de belles mains agitées d'un tremblement imperceptible, mais une bouche frémissante et sensible de vieux cabotin. Son visage était pâle et transparent, la pâleur des hommes qui écrivent tout le jour et dont la chair semble, à la longue, refléter la blancheur du papier. Exagérant la souplesse silencieuse de sa démarche, exagérant la courbe satanique des beaux sourcils, qu'il épilait comme une vieille coquette... Ses yeux couleur de glace, sa manie de ne porter sous ses vêtements que les chemises les plus fines, afin qu'en entourant du bras selon son habitude une épaule de femme, celle-ci sentît la forme et la chaleur de ce beau corps dont il était si vain...

— Et moralement ? songe Ida, une fois de plus : oh, l'homme fatal, le « vamp » masculin... Entre les femmes innombrables qu'il prenait et lâchait tour à tour, moi seule, sans doute, ai su exactement lui donner la qualité de souffrance qu'il désirait... »

Ses souffrances, ses plus chères délices !... En le trompant, en le torturant, elle sentait toujours qu'au fond elle jouait son jeu, jouait un rôle qu'il lui destinait dans une comédie aux spectateurs invisibles... Il recherchait la mort avec sincérité, en mer, au volant des autos les plus rapides, et cependant, aimait la vie avec ardeur... était vaniteux, puéril, facile à tromper...

— Cabotin, songe Ida. Son charme célèbre était fait de cela, de cette comédie perpétuelle qu'il jouait aux autres et à lui-même. Il était dominateur, impérieux, tellement habitué au bonheur que ses gestes et sa voix avaient acquis une sorte de nonchalance arrogante, la lassitude bienveillante d'un roi.

— J'ai su me servir de lui, et il a su se servir de moi, songe-t-elle. Sa jalousie célèbre... Comme j'ai su lui donner exactement les émotions qu'il désirait... Ce mélange d'orgueil, de sensualité, d'inquiétude, quelle autre femme aurait su le doser à sa convenance ?...

Il l'avait lancée au music-hall. Il aimait par-dessus tout la voir danser demi-nue, « livrée aux bêtes », comme il disait avec une petite grimace de ses longues lèvres sèches, un trouble éclair dans ses yeux si pâles... Il aimait...

La vieille femme hausse les épaules à ses souvenirs.

D'un seul être, au monde, il était jaloux... réellement, sans bluff, ni jouissance secrète... Cruel et dissolu, d'un seul être au monde, pourtant il avait causé le malheur et la mort...

— Trois heures et demie, songe confusément Ida, tandis qu'au bord de la scène, les girls, pour la dixième fois, répètent les mouvements d'ensemble et que quarante jambes s'écartent et jaillissent du même mouvement hors d'une jupe courte et bouffante en satin noir, le cœur me fait mal... Trop de véronal la nuit dernière, encore... Et maintenant je dors à moitié...

Lentement, elle est revenue à elle, sourit, tend la main à un visage d'homme qui émerge de l'ombre, se hausse et dépose un baiser sur ses doigts :

— Quand passez-vous ?

— On dit le quinze.

L'ami s'éloigne. Elle sourit, dit gaiement, en réponse à son salut : *So long*… Au fait, qui est-ce ? Elle aurait dû le retenir. De nouveau, dès qu'elle est seule dans l'ombre de la loge, elle s'endort à demi, se souvient et rêve.

Il était jaloux d'un seul être au monde, Marc…

Elle prononce ce nom à mi-voix, et l'écoute avec étonnement sonner à ses oreilles. Depuis si longtemps elle a oublié Marc, son mari… Même alors, à l'époque où Gabriel l'avait connue, Marc n'existait plus que dans son ombre, en marge de sa vie. Son mari, depuis quinze ans, pourtant, mais, peu à peu, elle l'avait écarté, effacé… « et pourtant, je n'ai jamais eu d'autre ami au monde… » Pauvre Marc… Ses lunettes, ce grand front blanc, et son sourire patient, tranquille, qui se crispait légèrement dans la douleur, mais demeurait toujours visible dans le doux pli des lèvres, le dessin des joues pleines, presque enfantines, ce teint rose qui l'irritait si fort, qu'elle comparait à la pâleur de Gabriel…

— Ah, sotte que j'étais. J'étais jeune et amoureuse. Non, pas amoureuse, mais… subjuguée, éblouie…

« Personne ne savait que j'étais mariée, comme personne ne l'a su depuis, et tout aurait pu continuer. Moi-même, j'ai dit à Gabriel… »

Il lui semble entendre les paroles de Gabriel :

— Mais comme c'est intéressant… Alors, il vous aime, et supporte tout ?… Comme c'est curieux, ces mentalités étrangères… Je voudrais le connaître… Ce serait très dostoiévskien…

— Cabotin, songe-t-elle de nouveau avec haine.

« Mon pauvre Marc… Sa voix douce, essoufflée, qui disait : "Comme tu t'agites… Pourquoi, ma pauvre petite ?…" Le seul être au monde qui ait dit cela… »

Ses mains posées doucement sur son poignet avaient seules le pouvoir de la calmer, d'apaiser le feu qui brûlait dans son sang. (« Ce qu'il te faut, ce qui te plaît, ce n'est pas seulement l'argent, les bijoux… mais que ton nom soit répété partout, que les gens se soulèvent quand tu passes, que l'on s'empresse autour de toi, sur ton passage… N'importe quelle gloire… »)

Elle murmure, comme autrefois, comme s'il était debout à ses côtés dans la loge chaude et obscure :

— Je ne suis pas heureuse…

Il la connaissait bien. Pour garder cette « gloire » — ah, trompeuse, vaine, mais la seule chose au monde qui vaille la peine d'être vécue —, elle a tout sacrifié, perdu son bonheur et son âme.

— Pauvre Marc, et toi, je t'ai perdu, songe-t-elle.

Très vite, Gabriel avait cessé de supporter la présence silencieuse de Marc, si humble, pourtant, dans leur brillant sillage. Il savait que de ce rival, il ne pourrait jamais triompher. Et cette jalousie était sans saveur…

— Cet homme !… Je ne peux plus supporter qu'il te voit, qu'il te parle !… Qu'il parte !…

Elle avait cédé. Par amour ?… Mais non, pour qu'on ne dise pas : « Tiens, la petite Sconin, vous savez, il s'est déjà lassé d'elle, notre beau tombeur de femmes ! Elle ne l'aura pas gardé longtemps ! »

Peut-être aussi, parce qu'il écrivait pour elle ses mélodies fameuses : *Rythmes sauvages,* qui avaient commencé à la faire connaître.

— Cœur méprisable, songe la vieille Ida Sconin.

Elle avait gardé Gabriel Clive. Elle avait chanté ses mélodies. Elle s'était montrée à ses côtés, elle avait exhibé les émeraudes et les perles dont il la couvrait ; elle avait obéi, écouté ; la voix fiévreuse, menaçante, suppliante, qui le jour et la nuit sonnait à ses oreilles :

— Qu'il parte !… C'est si facile !… Il est russe, sujet russe… Un mot de toi ou de moi, et on le renvoie de France sous un prétexte quelconque… C'est si facile !… Sans qu'il se doute !… Enfin, il souffre davantage de te savoir ma maîtresse !… Un homme normal n'aime pas d'amitié une belle créature comme toi !... Mais tu l'aimes plus et mieux que moi !... À lui tu donnes ta tendresse, ta confiance !... Je ne suis qu'une machine à te procurer du plaisir !... Chasse-le, renvoie-le !... Sinon, c'est moi qui partirai...

Comme il était cruel, lui qui craignant la maladie et convaincu qu'il avait les poumons fragiles (mais cela faisait partie du tableau !) pouvait rester toute une nuit immobile sur la terrasse, balayée par le vent froid de Nice, à la fin de l'hiver, pour ne pas déranger un chat malade, assoupi sur ses genoux.

Elle avait parlé à Marc. Il avait baissé la tête et murmuré :

— Oui, je comprends... Mais, Ida, je t'assure que je comprends...

Pendant quinze ans, ils ne s'étaient pas quittés... Le renvoyer sans rien dire, comme le proposait Gabriel ? Il serait revenu... Et, d'ailleurs, il devenait... gênant... Ce Marc Sconin, après tout, était resté le petit horloger timide d'autrefois... Il ne parlait même pas le français... Il refusait sauvagement son argent, et portait, hiver comme été, un vieil imperméable râpé, un feutre verdi...

Elle murmure :

— Au fond, il a peut-être mieux valu...

Simon crie :

— Descendez la coupole !...

Dans la pénombre, une voix :

— Qu'est-ce qu'on prend ?

— Vous y êtes, Noël ?

Ida Sconin, les yeux clos, revoit dans le passé la forme immobile de Marc, pendu au plafond d'or de sa chambre.

Elle frémit. Cela, cela, c'était l'ineffaçable... L'autre, le jeune garçon ivre, étendu, sans mouvement, sur les dalles de marbre, dans la nuit parfumée, cela faisait encore partie, en quelque sorte, de la vie publique, du décor, du bluff et de la réclame. Tandis que ce pauvre cadavre, balançant ses pieds en chaussettes mauves, qu'il fallait cacher, éloigner à tout prix, enterrer à la hâte, pour que Gabriel ne soit pas offensé par cette image sans beauté...

— Mais personne, jamais n'a rien su !... Je n'ai jamais rien demandé à personne, songe-t-elle avec orgueil, je n'ai jamais pleurniché, ni imploré une consolation ou une aide...

Sa liaison avec Gabriel avait duré quatre ans. Puis d'autres, aussi flatteuses et profitables avaient suivi... Elle se souvient que dix ans auparavant, elle a revu Gabriel, vieux, malade, les cheveux teints, son grand nez pincé saillant entre deux joues jaunes et creuses. Lui, qui affectait de garder aux femmes une reconnaissance légère et méprisante : (« Je ne cesse de vouloir du bien à toutes celles qui m'ont aimé... »), il s'était détourné avec colère et souffrance.

Ida Sconin fredonne machinalement :

Mon bel amour...

— À vous, mademoiselle Sconin !... Vous y êtes, mademoiselle Sconin ? Nous reprenons le trois. Vous n'êtes pas trop lasse ?

— Je ne suis jamais fatiguée, mon cher, vous le savez bien.

— Elle est étonnante...

— Quelle persistante jeunesse !...

— Quelles jambes !...

— Est-ce que vous savez son âge ? On dit...

— Tant que ça ?... Ce n'est pas possible...

— Non, mais regardez-la ! Elle est formidable !...

— Quelles jambes !... Quelle taille !

— Cette femme a dû ne jamais connaître un instant de malheur !...

— Elle est... triomphante...

— Bien sûr !... Elle est bien trop rosse pour avoir jamais souffert.

— Vous connaissez son âge ?...

Etc..., etc..., etc... La répétition de nuit continue.

« *C'est irrévocablement ce soir qu'aura lieu la grande première de gala, à bureaux ouverts, de la nouvelle revue,* Femmes 100/100. *Ida Sconin chantera et dansera.* »

Les rues qui entourent le théâtre sont embouteillées dès le début de la soirée. Les coups de klaxon résonnent. La foule des petites places descend des hauteurs vers l'avenue des

Champs-Élysées. Le ciel au-dessus des toits semble enflammé par les projecteurs et les réclames lumineuses. Les gens parlent entre eux et rient. On entend :

— Ida…

— Ida…

— La belle Ida…

— Dites, au moins, la toujours belle Ida…

— Vous savez que cette Cynthia sera le véritable clou de la soirée.

— Elle est folle, cette femme, d'avoir permis à cette beauté de vingt ans de paraître à ses côtés !…

— Elle a du cran !

— Est-ce que vous croyez qu'une femme, ça se voit jamais vieillir ?

— Au fond, avouez qu'on vient pour voir manger le dompteur !

— Eh eh, il y a de ça…

Les voitures roulent. Les femmes descendent. Il pleut. Sur la verrière de grosses gouttes d'argent s'écrasent en crépitant.

La foule reste obstinément debout, sous les parapluies déployés.

— Vise-moi la vieille, là, Gustave…

— Jolie, la robe, bleue et argent… et les zibelines…

— Allons, il y a encore de l'argent à Paris…

Des gamins crient :

— Demandez *l'Intran*, dernière édition !

et plongent dans les rues voisines, sombres et pleines de brouillard.

— Demandez la composition du nouveau ministère !

— Ida Sconin ? Moi, je la gobe cette poule-là !

La foule patiente et railleuse contemple d'un regard avide les visages célèbres, répète les noms connus, les suit d'un doux et amoureux grondement.

Ida Sconin recherche par-dessus tout cette popularité capricieuse que dispense le peuple de Paris, le public le plus sensible, celui des petites places, des hautes galeries. Elle écoute cette rumeur sourde qui naît sur ses pas, compagne fidèle depuis tant d'années, et mesure sur elle sa gloire et le temps écoulé… Lorsqu'elle passe en auto, les nuits de premières, lentement, pour laisser aux gamins des rues le temps de coller leurs lèvres aux vitres, d'envoyer un baiser, de crier, quand elle s'est éloignée, une brève et flatteuse injure, elle ferme les yeux, savoure ce bruit, ces lazzis, baisse parfois la vitre pour mieux les entendre, rejette sur ses coussins son visage éclairé d'un sourire de triomphe et songe : « Il y a quarante ans… »

— Ida Sconin !… Ida Sconin !… Bravo !…

Combien y en a-t-il, là-dedans, que Simon paie quarante sous l'heure pour cette besogne ? Elle ne veut pas le savoir.

Ceux qui demandent :

— Mais pourquoi, riche comme elle est, ne quitte-t-elle pas la scène ?... Enfin, il arrive un âge...

Est-ce qu'ils peuvent comprendre que ce doux grondement sur son chemin recouvre une clameur qu'elle entend, parfois encore, dans sa mémoire, qui monte des profondeurs du passé :

— Le Crochet... Le Crochet !...

et cette houle de rire qui passe et secoue les têtes renversées, les gorges tendues, ces cris, ces coups de sifflet :

— Sortez-la, l'étrangère !... Qu'elle apprenne d'abord le français, hé, la môme !... Et tes appas ?... Il faut remplumer ça !... Le Crochet !... Le Crochet !...

Quarante ans auparavant, sur les hauteurs de Montmartre, le caf' conc' où elle a débuté...

Elle était belle et jeune, pourtant, et elle avait une voix malhabile, mais profonde et pure ; mais elle était vêtue d'une méchante robe noire dont les manches avaient craqué aux coudes lorsqu'elle était montée sur la scène ; elle ne savait pas se farder encore, ni peigner ses rudes cheveux noirs et épais, qui coulaient entre les épingles, et se hérissaient autour de son front. Elle n'avait jamais poudré son visage ; ce jour-là, elle avait enduit ses joues de crème Simon et étalé par-dessus une poudre blanche comme de la céruse. Son visage pâle, ses yeux creux, son accent étranger, les quelques mots de français appris par cœur, qu'elle répétait sans en comprendre le sens, cet air de misère répandu sur elle, tout l'accablait.

— Une louve maigre, avait crié quelqu'un en riant dans la foule. Comme elle avait attendu, pourtant, ce jour, et quels rêves insensés avant de monter sur cette estrade, pendant le fameux Coup du Crochet, délectation féroce des spectateurs en 1894, dans les bouis-bouis de Montmartre !… Comme elle avait espéré en son heureuse destinée, et combien de fois elle avait répété à Marc pendant les longues nuits sans sommeil :

— Je n'ai pas peur !… Je sais que ma voix est belle !… Je suis maigre et laide, mais ma voix est belle !…

Sa voix ?… Personne ne l'avait admirée, ni alors, ni plus tard…

D'ailleurs, quelques années lui avaient suffi pour la perdre, quelques tours de chants dans les petites salles enfumées, la pauvreté, les nuits froides sur les bancs de Paris, aux fins de mois, la bronchite mal soignée qu'elle avait traînée un hiver entier. Quand elle avait chanté pour la première fois *Rythmes sauvages*, et qu'elle avait entendu ce timbre pauvre et rauque qui sortait de sa poitrine et qu'elle avait pensé :

— J'avais la jeunesse, le talent, la beauté, et personne n'a su les reconnaître ! Maintenant, ils courent après moi, comme des chiens !…

Avec quel orgueil amer elle avait étalé sur son corps les émeraudes de Gabriel !…

Ses jambes et ses seins, tout ce qu'elle croyait inutile et méprisable, voilà ce qu'il eût fallu exhiber dès le commencement ! Mais elle était jeune et ignorante.

Elle se rappelle le soir du « Coup de Crochet », l'écran mouvant de fumée, les filles qui mâchaient lentement des oranges, dans une loge, ce marchand de viande, avec ses cheveux noirs et gras, en ailes de papillon lustrées sur son front bas, ses mains rouges et chargées de bagues, qui pétrissaient le cou d'un matelot, en tricot rayé, assis à ses côtés, ce cri qui sortait de leurs bouches ouvertes :

— Le Crochet !... Le Crochet !...

Et le crochet de fer, dans la main d'un mannequin, avance en se dandinant sur la scène, la happe au collet et la rejette vers les ténèbres des coulisses... Dans la rue, noire et froide, mille lumières tremblent à travers ses larmes. Marc... Non, à cela, il ne faut pas penser ! À cela, il n'est pas de remède.

Quarante ans ont passé, et la foule se presse autour d'elle (vieille, flétrie), et clame :

— Ida Sconin !... Ida Sconin !... Bravô-ô-ô !...

Aujourd'hui pourtant, ils semblent moins dociles et béats que de coutume. Ils la regardent, mais ils crient peu et ne sourient pas. Ils sont préoccupés ; ils contemplent, sur les murs du théâtre, le panneau qui porte (oh ! en toutes petites lettres noires, bien différentes de celles qui composent son propre nom) les mots :

CYNTHIA, danseuse nue

Elle entend :

— Une belle fille, il paraît et jeune…

Ida Sconin pince les lèvres, se redresse davantage. A-t-elle eu tort, cette fois-ci, de se laisser aller à son instinct, à son courage, qui toujours lui ont fait rechercher la bataille et le risque ? Non, non, elle se sent de nouveau alerte et agile, le cœur dur, l'esprit tranquille. Le cœur ?… Ah, s'il ne battait pas ainsi, dans sa poitrine, avec des coups sourds et précipités… Ainsi la vieille horloge jaune dans le coin de la boutique tandis que Marc travaillait à son comptoir, et qu'elle-même berçait l'enfant qui est mort… Oui, ses flancs lisses, à la courbe pure ont gardé, pendant neuf mois un enfant débile… Elle plonge au fond du passé, comme dans les profondeurs de la mer. Toujours plus bas, plus loin, vers des zones d'ombre et de silence, qu'elle croyait abolies dans son souvenir… La boutique d'horlogerie dans la petite ville d'Orient où elle et Marc sont nés, les cadrans au mur, les lents mouvements des balanciers, la sonnerie des heures, le grincement étouffé, pénible comme un soupir humain, de cette horloge jaune, au timbre fêlé, pendue dans leur chambre dans la sombre arrière-boutique, Marc… toujours lui… et les pleurs de l'enfant dans le silence…

Allons, allons, fini, maintenant. Tout cela est

passé. Elle est Ida Sconin, belle, adulée, célèbre. Ce soir, grande première de gala à bureaux ouverts de la nouvelle revue *Femmes 100/100.*

La loge de la vedette. Murs tendus de rose, grandes glaces, mille lumières ; du sol au plafond montent les aériens échafaudages de plumes et de perles. Les habilleuses cousent les derniers rangs de paillettes au bas d'un manteau tissé d'or.

Les auteurs, les décorateurs, le couturier et ses aides, la modiste, le perruquier, le bijoutier, le costumier, Simon, Dikran, entrent et sortent.

— C'est fini maintenant, ces rêveries stupides, songe Ida Sconin en respirant avec avidité l'odeur familière de poussière, de parfums, de corps nus qui pénètre des couloirs dans sa loge : bien fini !...

Elle est nue, derrière un paravent, tandis que les portes battent et qu'on l'assaille de questions fiévreuses ; elle rit, elle répond, elle parle sans arrêt. La maquilleuse achève de poudrer les jambes et le ventre nu.

On apporte des fleurs, en corbeilles et en gerbes ; les pétales écarquillés, pour donner une apparence plus volumineuse aux bouquets de roses, sont injectés de parfums.

L'habilleuse compte à mi-voix :

— Une, deux, trois... Déjà plus de cent, Mademoiselle...

— Comme c'est gentil d'être venu, Monsieur l'Ambassadeur !

Elle tend sa main à baiser à un vieux babouin blanc, qui prend entre ses doigts tremblants, parfumés à la violette, le bras nu et y frotte longuement ses lèvres sèches, surmontées d'une touffe de poils rares et blancs.

— Voyons, chère amie... J'ai eu du mal d'ailleurs à trouver une loge. Vous savez que l'on a organisé un service spécial d'avions Croydon-Le Bourget, pour le spectacle ?...

— Vraiment ?... Mais cela ne m'étonne pas. J'ai beaucoup d'amis à Londres...

Le vieil homme baisse la voix :

— Cette petite Cynthia dont on parle, j'ai demandé à la voir. Insignifiante !

— Elle a vingt ans, mon pauvre ami, c'est sa grande force, l'unique, d'ailleurs, car elle danse médiocrement, entre nous...

— Naturellement !... Mais tout le monde admire votre sens du fair play !...

— Vous êtes gentil !...

Elle adoucit la voix, frôle délicatement du bout des doigts la vieille joue fripée, inclinée vers elle ; il hume son odeur et cherche à apercevoir les rares endroits de son corps qui demeureront cachés sous une ceinture de dentelles et de perles ; elle songe :

— Vieux singe immonde !...

— Soyez mignons !... Partez tous !... Vous allez me mettre en retard !

Les girls courent le long des couloirs ; leurs pas ébranlent les planchers. En passant devant la loge de la vedette redoutée, les jeunes voix aigres se taisent, les pieds agiles essaient de marcher plus doucement.

Ida Sconin est assise devant le miroir ; le coiffeur et la maquilleuse s'empressent autour d'elle. On achève d'enduire son visage d'une pâte lisse et ferme comme de la porcelaine, qui, de loin et aux lumières, donnera à la vieille peau fatiguée, l'apparence fragile et délicate d'une joue de jeune femme, intacte et fraîche comme une fleur. On la chausse de cothurnes d'or, au bord desquels reposeront, comme des coquillages les ongles peints. On échafaude en boucles, en torsades, la perruque rousse, qui supportera le diadème couronné de plumes blanches et rouge feu.

Les girls passent, comme un bétail aux rangs pressés. Ida voit, à travers la porte entr'ouverte, briller les corps nus et fardés, les pagnes étincelants brodés d'argent et de paillettes, qui encerclent leurs reins.

Ainsi, dans la maison où elle est née, la maison close sur le port, et dont sa mère était…

Elle serre les dents, songe avec colère et désespoir :

— Quoi ? Ça va recommencer ?

Oui, cela recommence. Des images que les années ont pu recouvrir d'oubli comme d'une cendre noire et épaisse, mais qui n'ont jamais été effacées complètement, qui ont dormi, pendant cinquante ans et davantage, au fond de son cœur, bien à l'abri, bien tranquilles, les voici qui remontent lentement du passé.

Sa mère. La maison. Les nuits où on l'enfermait dans sa chambre, et comment elle s'efforçait d'apprendre ses leçons, et de ne rien savoir, ne rien entendre. En mettant ses deux mains sur les oreilles et en serrant si fort qu'elle ne percevait plus que le bourdonnement de son sang, elle parvenait à étouffer les rumeurs qui montaient d'en bas, de la salle commune. Les hommes criaient, les femmes glapissaient.

Elle s'asseyait sur le rebord de la fenêtre, regardait le port, les petites rues désertes, songeait :

— Je grandirai. Je quitterai cette ville maudite. Je n'entendrai plus sur mon passage : « Ida… La petite Ida… La fille de la tenancière de maisons closes… La fille de la Maison-du-Bout-du-Quai.

Les mots, les ricanements, qui avaient sonné à ses oreilles depuis qu'elle était au monde…

Elle s'endormait enfin, les joues trempées de larmes, le front appuyé contre la vitre, froide, tandis que la voix de sa mère appelait d'en bas :

— Allons, Mesdemoiselles, ces messieurs sont arrivés !…

Alors, derrière la porte close, elle entendait, comme maintenant, le piétinement d'un troupeau de femmes, le bondissement des pieds nus sur les marches de bois. L'odeur était pareille, parfums bon marché, poussière et sueur des corps nus. Elles descendaient en courant, se tenant d'une main à la rampe, volant par-dessus les marches, sans presque les effleurer ; les peignoirs jetés à la hâte sur leurs épaules plâtrées de poudre se soulevaient au vent de la course. Elle, Ida, avait quinze ans ; elle portait une petite robe brune et le tablier noir à bavette des écolières de la ville ; ses tresses étaient roulées en coquillages sur ses oreilles. Sa voix était pure et douce.

— Elle aurait pu devenir belle, pense Ida Sconin. J'avais les plus beaux dons… »

Elle songe tristement :

— Les plus beaux dons, courage, indomptable fierté, mais il manquait celui sans lequel les autres ne sont rien, le génie…

Elle est debout ; on drape sur son corps les étoffes de soie, les écharpes. Elle contemple son image dans la glace ; elle relève, elle-même, un pli disgracieux qui tombe sur sa hanche ; elle penche un peu la tête, afin que l'on pose sur ses cheveux l'échafaudage de plumes d'autruche, tremblantes et monumentales, ce fardeau familier, sous lequel elle ne ploiera pas, mais se redressera plus orgueilleuse et plus forte ; elle parle, elle sourit, mais son âme est absente. Elle revoit en esprit le marché sur la place de la petite ville, les pastèques vertes, fendues en deux, d'où coule une eau rose, les amoncellements d'oranges, de piments, les gros concombres verts, les chapelets d'ail, les charrettes chargées de tomates et d'aubergines, le ciel bleu, le vent marin, et une petite fille tremblante qui écoute les marchandes rire et parler entre elles :

— C'est la fille, vous savez bien, la fille de la…

Les mêmes qui diront plus tard :

— Le fils Sconin ?… le fils de l'horloger, qui va chercher cette ordure, la fille de la Maison-du-Bout-du-Quai, et l'épouse !… »

— Cela va être à vous, Mademoiselle Sconin. Le défilé des Fruits, Cynthia, et vous ensuite.

Elle tressaille, semble s'éveiller avec peine d'un long rêve.

Elle est prête ; elle sort en agrafant ses bracelets, suivie d'un cortège respectueux : le bijoutier, la maquilleuse, le bottier, le perruquier et deux décorateurs.

Elle veut regarder de près la danse de Cynthia.

— En scène pour les Beaux Fruits de France !…

Elle aperçoit Cynthia, debout derrière un portant, attentive, déjà dressée pour la parade, faisant claquer nerveusement ses minces doigts nus. Pas de bagues encore… Rien qu'une chair pâle et fraîche, d'un éclat inaltéré.

Elle éprouve un moment de joie à contempler de profil la dure mâchoire, distendue par le chewing-gum. Mais Simon est à côté d'elle. Il semble préoccupé et secrètement satisfait. Oh, comme Ida connaît cette expression de son visage… Elle lit ses pensées dans ses yeux. Depuis tant d'années, ils ont roulé côte à côte. Elle le connaît bien. Il a misé sur cette fille ; il pressent que le succès de la soirée sera pour elle. Il frotte l'une contre l'autre ses mains qui tremblent légèrement d'excitation, de peur et d'espoir. Sa longue bouche se tord en tous sens, et il laisse échapper par moment un claquement sec de la langue, comme s'il encourageait un cheval de course. Il tapote légèrement les fines jambes nues, et dit à voix basse :

— Good gal…

— Et moi ? songe Ida. Comme une incantation elle murmure, entre ses dents serrées :

— Mon argent, mes bijoux, mes émeraudes… Mes valeurs américaines, mes terres, mes maisons, tout cela gagné à force de dur courage… Je suis Ida Sconin, reine du music-hall… (Reine ?… Mais aussi seule et abandonnée qu'autrefois…)

Son cœur bat avec force, et, par moments, tremble et semble se heurter aux parois de sa chair comme si les deux beaux seins tout neufs eussent rétréci sa poitrine. Comme il est dur de lever la tête, de porter sur son front en souriant cet amas d'aigrettes, de tendre la main à baiser, de prononcer avec indifférence du bout des lèvres peintes :

— Elle n'est pas mal du tout cette petite… Quand je l'ai vue danser, j'ai insisté auprès de Simon pour qu'il l'engage…

Cynthia a passé devant elle. Elle a bondi sur la scène. La bouffée de parfums grossiers dont elle s'inonde, est montée aux narines d'Ida, qui a tressailli et rejeté sa tête en arrière. Mais, sous le masque d'émail, personne ne la voit pâlir. Elle se lève, s'avance, regarde.

Pas de longs colliers, ni de plumes, ni de perles, pas de déshabillage savant ; une fille maigre, aux muscles durs, qui jaillit, nue, entre deux portants. Comme elle danse... Ses pieds agiles effleurent à peine le sol. Ida Sconin se souvient, le cœur lourd, de ce martèlement qui, depuis quelques années, suit chacun de ses pas sur la scène. Elle est mince, pourtant. Elle le sait ; la balance, tous les matins, la rassure. Les massages, les soins ne sont pas inutiles, mais, malgré cela, les années ont gorgé son corps d'une substance invisible et pesante, qui semble l'attirer vers la terre, la fixer au sol. Divine légèreté de la jeunesse...

Cette Cynthia semble voler. Elle est aérienne et fragile. Ida cesse de voir la mâchoire carrée, les yeux froids ; une seconde, elle arrive à la regarder avec l'optique spéciale d'une salle obscure, qui contemple de loin une belle femme nue, éclairée par des projecteurs. Les traits du visage disparaissent dans l'éloignement. Des joues fardées, une bouche rouge, des cheveux roux, courts et lisses, cela importe peu... La salle, haletante, la regarde virer et tourner comme une flamme ; jambes nues, long dos nu, petits seins parfaits, elle n'inspire pas le désir, mais l'espèce d'émerveillement amoureux qu'une belle machine d'acier précise et étincelante procure à un homme.

Derrière Ida, deux garçons, en chandail (électriciens ? machinistes ?) disent à mi-voix :

— Modèle 34, vieux !...

L'autre hésite, cherche à exprimer sa nostalgie, sa convoitise, son admiration, sifflote enfin langoureusement :

— Ah, bon Dieu de bon Dieu, quelle garce...

Ida tord machinalement ses longues mains blanches, enduites de poudre, de crème, de blanc gras, où le gonflement léger de la goutte est dissimulé par les perles énormes.

Mais quel triomphe !... Quels applaudissements montent de la salle qu'elle ne voit pas, dont elle entend seulement le bruit sourd et profond comme celui de la mer. À ses côtés, Simon s'éponge et, ainsi qu'il le fait dans les moments d'abandon s'appuie sur Dikran, se laisse aller tendrement contre la grasse poitrine de l'Arménien. Les applaudissements s'apaisent, puis reprennent avec force : le rideau s'est relevé, et Cynthia, radieuse, haletante, revient saluer en scène et sourire.

Lorsqu'elle passe auprès d'Ida, sa grande bouche ouverte dans un rire de triomphe, les longues dents éclatantes brillent comme celles d'un requin.

— Deux, trois, quatre rappels, compte Simon à voix basse, et derrière lui, la foule servile qui emplit les coulisses répète :

— Deux, trois, quatre rappels, c'est extraordinaire…

Et quand Cynthia reparaît, s'enveloppe dans son peignoir de bain, maculé de rouge gras et de vaseline, toute cette cour, qui entourait Ida, dont elle est accoutumée à entendre le bruit, les pas et les voix, naître dans son sillage, reflue, l'abandonne et se reforme autour de la nouvelle étoile, comme l'eau de la mer fuit le rivage et rejoint la vague jeune et brillante.

Mais Simon agite les mains, crie :

— À vous, mademoiselle Sconin.

Car il escompte le match qui se prépare qui doit, si Dieu est juste, attirer le public vers son théâtre, comme à un combat de boxe, ou de coqs.

Il songe :

— Cela est juste. Nous gardons trop longtemps nos vieilles vedettes. Les Américains ont raison : le triomphe, le pont d'or, puis knockout, à un autre !… Nous sommes trop bons…

Ida s'est redressée, elle avance, et personne ne se doute combien il lui a fallu de force et de courage pour faire marcher ce corps las.

La voici. Elle est debout au faîte d'un escalier de trente marches d'or, un chemin étincelant qui se déroule sous ses pas. Elle va descendre. Elle attend le premier son jailli de l'orchestre ;

ce moment de silence est prévu, préparé de longue main, afin de la montrer dans toute sa gloire et de laisser au public le temps d'applaudir, de clamer, comme à l'ordinaire :

— Ida Sconin !... Bravo !...

Et quand elle a suffisamment écouté ce bruit qui sonne à ses oreilles, comme une musique délicieuse, elle lève la main légèrement en un signal, perceptible seulement pour le chef d'orchestre attentif, et les musiciens commencent à jouer.

Mais, ce soir, un étrange silence l'accueille. La claque applaudit ; quelques mains, mollement, se lèvent, puis tout se tait. La salle regarde et songe :

— Toujours la même chose...

Chacun revoit dans son souvenir la belle fille de vingt ans, qui bondissait si légèrement sur la scène. Leurs yeux, mystérieusement, se dessillent. Certes, cette femme a été belle, mais... Comme elle est vieille, comme elle paraît vieille, ce soir. Quelqu'un dit :

— Non, vraiment, elle exagère...

Et Ida les regarde. Comme tous les soirs, depuis tant d'années, elle voit, par-delà la rampe brillamment éclairée et le gouffre noir de l'orchestre, cette salle plongée dans une demiobscurité, traversée par les faisceaux croisés des projecteurs ; une lumineuse poudre bleue tombe sur un crâne nu, long, bosselé, poli, en forme de poire, entouré d'une couronne de rares cheveux blancs. Les plastrons glacés brillent dans l'ombre d'un reflet bleuâtre et scintillant, comme celui de la neige.

Elle regarde les femmes, dont on devine les visages placides, satisfaits ; les longs colliers palpitent de mille feux au creux des gorges nues.

— Qu'est-ce qu'elle attend ? songe Simon, surpris d'abord, puis inquiet, puis angoissé, puis pâle et tremblant de tous ses membres. Mais il tente de se rassurer :

— Ce n'est pas la première fois, quoi !... Un moment d'hésitation, de malaise, elle se ressaisit, c'est fini...

Mais non...

— Ce n'est pas la première fois, répète obstinément Simon, vacillant, mais debout à son poste, parfois, déjà elle a été accueillie avec froideur, mais toujours, d'un sursaut de courage, elle les a eus ! Elle aime la bataille. Elle... Mais comme elle paraît lasse et veule, ce soir... Le visage recouvert d'émail, comme un masque, est immobile, mais Simon voit distinctement les genoux alourdis qui tremblent sous la robe transparente.

Les ricanements, les toussottements, les rires étouffés commencent à courir sur la surface noire de cette masse indistincte, comme un frémissement sur l'eau.

Il regarde Ida avec une inquiétude croissante. Non, la traîne d'or est bien couchée aux pieds de la vedette. Elle ne risque pas de tomber. Mais comme elle est pâle et tremblante…

— Mais qu'est-ce qu'elle attend, nom de Dieu !… songe Simon désespéré.

Un rire. Une voix tombe de la coupole :

— Eh bien, on t'a assez zyeutée comme ça, quoi, la môme !… T'as qu'à y aller !… Tu veux qu'on prenne ta place ?…

— Voilà, voilà ce qu'il faut, songe Simon : le peuple des galeries aime l'irriter, comme on harcèle les taureaux pour les faire bondir en avant. Et toujours elle a puisé une force merveilleuse dans ces cris, ces lazzis, qui jaillissent parfois d'une salle de théâtre. Le chahut l'excite. Simon tente fiévreusement de retrouver dans sa mémoire le souvenir d'une soirée à Chicago, où on l'a abreuvée d'insultes, et, pour finir, portée en triomphe. Il y a quinze ans de cela… Oui, quinze ans… malheureusement…

Cependant, elle a tressailli, et levé la main qu'enchaînait une incompréhensible faiblesse. La musique éclate. Elle avance.

— Tout est sauvé, pense Simon, qui se sent fondre en eau.

Mais au moment où elle va poser sur la deuxième marche son pied célèbre, aux ongles peints en or, un coup de sifflet jaillit on ne sait d'où. Elle continue à avancer.

— Cela, c'est bien, chuchote Simon, qui s'accroche à Dikran, immobile à ses côtés, il ne faut pas reculer, sinon tout est perdu. Mais c'est son visage qui m'effraye… Regarde, Dickie, pas un sourire, les traits figés… Ah, bon Dieu, bon Dieu, ce qu'elle a l'air vieille tout à coup !… Mais elle fait une gueule pour jouer Phèdre, ce n'est pas possible !… Et regarde-les, regarde-les, les chameaux !…

La salle rit. On voit la blancheur des visages renversés en arrière, les bouches ouvertes, comme des trous d'ombre. Le rire enfle, gronde, les secoue comme une tempête.

Elle avance. Elle serre les dents, les enfonce dans sa lèvre, qui saigne lentement sans qu'elle s'en aperçoive ; un mince filet de sang coule sur la joue lisse de porcelaine, et, de loin, semble du fard délayé. Les rires redoublent.

Elle se raidit. Ce n'est rien. Le chahut. Elle connaît cela comme tout le monde. Elle répète même à mi-voix entre ses lèvres sèches :

— Eh bien, quoi, c'est le chahut !… On n'en meurt pas !…

Mais jamais elle ne s'est sentie si lasse et malade. Jamais non plus, en avançant ainsi sous la tempête de cris et de ricanements, elle ne s'est rappelée…

Elle songe :

— L'escalier sur le port…

Et dès qu'elle a permis au souvenir de se reformer en image au fond de sa mémoire, il monte et la submerge comme un flot. Personne ne le sait. Mais elle n'est plus Ida Sconin, vieille femme coriace, parée et fardée, chargée de plumes et de perles, connaissant, aimant le tumulte et le danger.

Une petite fille en robe brune d'écolière, deux longues tresses noires battant ses talons, debout sur un vieil escalier de pierre, un matin de mars… Comme maintenant, les cris « houhou », joyeux et méchants, jaillissaient de toutes parts. Les filles de l'école, au bas de l'escalier, des cailloux à la main, criaient, et leurs rires se mêlaient au bruit des vagues, et du vent :

— Avance un peu !… Attends un peu !… Avance par ici !… Viens par ici !… Ida, Ida, la fille de la…

L'escalier blanc descend sous ses pas, entre les hautes maisons du port. Le linge pend aux fenêtres, claque au vent. Le soleil se couche ; les haillons sont rouges. Un pot de fleurs est tombé sur le pavé, à ses pieds ; le géranium rouge est écrasé et déchiqueté. Les écolières courent vers elle, elles vont l'atteindre. Elles traînent leurs cartables dans la poussière, leurs cheveux défaits fouettent leurs joues ; elles inclinent de côté leurs corps tordus par la violence du vent, et chacune, en courant se baisse et ramasse une pierre. La première journée d'Ida à l'école. La première fois qu'elle entend sonner à ses oreilles les mots : « Putain… Maison à matelots !… »

Et quand elle a crié, comme les autres : « Je vais le dire à maman… » elles ont hurlé, en dansant autour d'elle, « Sa maman !... Sa maman !... Vous l'entendez ? La tenancière de la Maison-du-Bout-du-Quai !... La... »

Le vent traverse sa jupe et la glace. La houle, le grondement, la voix menaçante et profonde de la mer, les sifflements aigus, les cris stridents se confondent en une clameur qui la frappe en plein visage comme un coup de poing, et que jamais elle n'oubliera.

— Hou-hou-hou !...

Comme maintenant...

Car la foule s'amuse. Les galeries clament, sur l'air des lampions :

— Cynthia !... Cyn-thia !... Du nou-veau !... Du nou-veau !...

À l'orchestre, les femmes debout sur leurs chaises, disent :

— C'est drôle !... Mais au fond, ils ont raison !... Cette vieille est ridicule... Elle prend la place des jeunes, en somme !... Hou-hou, Ida !...

Les lourdes galoches râclent les marches de pierre. Les cailloux volent. Haletante, le sang battant à ses tempes, une enfant désespérée se cache la figure dans les mains et crie :

— Lâches... Qu'est-ce que je vous ai fait ?...

Une vieille femme hagarde croise sur son visage ses bras nus chargés de bracelets et crie :

— Lâches... Qu'est-ce que je vous ai fait ?...

Elle tombe. Elle roule jusqu'aux dernières marches de l'escalier d'or.

Avant de courir vers elle, avant de savoir si elle est morte ou vivante, Simon qui, dans son âme de petit juif humilié, a compati et deviné beaucoup de choses, mais qui avant tout, est *producer* de vedettes, jette à Dikran :

— Boucle Cynthia dans sa loge !… Les autres salauds seront tous après !… Il faut qu'elle signe pour trois ans, au moins !… Et pour l'argent, méfie-toi, elle a les dents longues.

Paris, 1934.

LA COMÉDIE BOURGEOISE

Une route de France, noire de goudron frais, des peupliers, deux grands champs gris. La campagne du Nord, plate et mélancolique, s'étend à perte de vue, sans un vallonnement, sans une colline. Le soir va tomber ; dans le ciel de printemps, des nuages volent. Le vent siffle, remue les feuilles. Un grincement de roues, d'essieux ; un train lointain, des autos, des carrioles passent. La route nationale se transforme en une chaussée hérissée de pierres pointues comme des clous. C'est la ville. Elle est petite, presque un village, neuve, calme, laide. Les maisons sont grises et basses, les trottoirs étroits, les murs hauts. Seul, çà et là, un jardin invisible laisse pendre par-dessus une crête de pierre, une branche d'arbre couverte de fleurs fragiles et éclatantes.

Au pied de l'église neuve, sur la place du marché déserte, demeurent encore, dans la boue séchée, de la paille, des épluchures de légumes, de vieux journaux. Une mare, où boivent des oiseaux, reflète les derniers rayons du soleil couchant.

Au bout de la rue, une usine s'élève, petite et modeste comme la ville elle-même ; l'unique cheminée souffle tranquillement un peu de fumée grise et légère que le vent disperse. Une maison est bâtie à côté de l'usine, façade blanche, volets fermés.

Quelqu'un, au piano, joue une valse. Aux passages difficiles, la musique, brusquement, s'interrompt sur une note haute, pure et perçante, puis reprend après une pause légère.

Un grand vestibule sombre et frais ; l'escalier aux marches bien cirées, bien luisantes. La salle à manger est de plain-pied avec le jardin. On voit s'encadrer dans la fenêtre ouverte le sage petit jardin, orné de plates-bandes et de feuilles de salade ; le garage et le poulailler bornent l'horizon. Sur la pelouse, un pommier en fleur abrite deux chaises de paille, une table de fer. La salle à manger est d'aspect bourgeois et confortable. Des vases sur la cheminée sont remplis de « monnaie-du-pape », plates petites feuilles d'argent. Un fox-terrier dort sur la fenêtre, dans son panier rembourré. À terre, une corbeille à ouvrage contient du coton à repriser, des bobines, des bas, une broderie commencée.

La pièce voisine est le salon. Il est petit, étouffant ; non seulement les volets sont fermés, car il donne sur la rue, mais encore les fenêtres sont closes, masquées de rideaux de guipure et de peluche. Devant le piano, une jeune fille est assise et joue. Elle a une figure calme, secrète, régulière, aux traits purs, un peu endormis, des cheveux bien peignés, une robe claire, un petit col fermé par une broche d'or.

Quelqu'un appelle :

— Madeleine, Madeleine !...

Elle s'arrête, répond :

— Oui, maman...

Elle a une voix grave, aux inflexions douces, légèrement traînantes de sa province.

— Tu sais qu'il est six heures et demie ? Ton père va rentrer bientôt de l'usine.

— Bien, maman, je finis tout de suite.

Elle referme le cahier de notes, commence un série de gammes. Un train passe. Elle lève la tête, écoute un instant le sifflement lointain. Un flocon de fumée argentée s'est envolé et joue dans le vent du soir. Mais elle ne le voit pas : les rideaux sont bien tirés. Elle joue plus vite.

Dans la salle à manger, la mère de Madeleine range l'argenterie avec la servante.

— À gauche, ma fille, je vous l'ai déjà dit, les couteaux à gauche, les cuillers et les fourchettes à droite...

Elle parle rapidement sur un ton de commandement et de bonne humeur. Elle est vive et ronde, les cheveux peignés à l'ancienne mode, des joues pleines, lisses, sans poudre, un petit nez retroussé ; elle porte un corsage noir ;

elle a un air de santé, d'activité bienveillante. Elle passe le doigt sur le dos d'un fauteuil, regarde en hochant la tête la trace légère de poussière.

— Ernestine, ce dossier a été mal essuyé. Il faut faire plus attention que ça, ma fille.

— Oui, madame…

— Madeleine, va t'habiller maintenant…

— Je mets ma robe bleue, maman ?

— Oui, et ton col de dentelle.

L'image s'efface. La chambre de Madeleine. Faux Louis XVI, meubles laqués de gris, bibelots, photographies, innombrables gravures. Un crucifix est fixé au-dessus du lit étroit.

Madeleine est debout au milieu de la chambre vêtue d'une combinaison de batiste festonnée ; une chaîne d'or, ornée de petites médailles bénites, encercle son cou. Elle chantonne à mi-voix, prend avec précaution la robe préparée sur un fauteuil. C'est une toilette « habillée », fagotée, avec des ruches, des bouillons, des volants qui l'alourdissent. Elle enfile soigneusement sa tête bien coiffée dans l'ouverture étroite du décolleté, choisit un mouchoir, un sac brodé de petites perles.

Dans le couloir sa mère appelle :

— Tu es prête ?

Elle répond : « Oui, maman », jette un vif regard vers la porte, ouvre un tiroir, en sort hâtivement une boîte de poudre de riz, passe la houppette sur son nez. Elle a une expression malicieuse, un peu effrayée, qui la rajeunit brusquement et l'embellit. Elle repousse le tiroir, souffle soigneusement sur les grains de poudre demeurés dans les plis de sa robe.

La porte s'ouvre.

— Tu veux une goutte d'eau de Cologne dans ton mouchoir ?

— Oui, merci, maman…

— Viens vite, papa attend…

L'auto est devant la porte, le papa au volant ; il porte un veston sombre, un canotier de paille sur la tête. Il a de grosses moustaches noires.

Le jardinier se baisse, tâte les pneus pour vérifier s'ils sont bien gonflés.

— Ça va bien, ces dames peuvent monter…

La mère et la fille s'installent, chacune protégeant des deux mains son chapeau, avec précaution.

— Lève la vitre, Madeleine, ton père avait ses douleurs à l'épaule, hier.

Doucement, doucement, l'auto tourne dans le petit espace étroit, entre les piliers de la grille.

— Tu peux reculer encore, Gustave, encore, encore un peu !

— Mais je le vois bien, sapristi, ma bonne…

Puis :

— Vous êtes bien ?

— Tu n'as pas oublié ton écharpe, Madeleine ?

— Attention, Gustave, le chien est derrière…

Et l'auto ronfle et s'élance.

La route. Le soir. La lumière des phares éclaire tour à tour les troncs et les branches basses des peupliers, les bornes kilométriques, de petits bois touffus, sauvages, endormis, un vieux pont dans l'ombre. Dans un pli de terrain, les feux d'un village scintillent brusquement et disparaissent quand tourne la route.

Le père conduit sans se presser, appelle de temps en temps vers l'intérieur de la voiture :

— Tu n'as pas froid, Jeanne ? Et toi, Madeleine ?

— Non, Gustave ; non, papa…

Derrière l'auto, quand la lumière des phares a passé, les arbres semblent se rejoindre avec un frémissement mystérieux d'herbes et de vent, et former une voûte profonde et immobile.

La mère de Madeleine dit avec satisfaction :

— Elle a beaucoup de chic, ta robe. Regarde, s'il te plaît, si mon chapeau est bien droit.

— Non, maman, tire-le un peu à gauche.

— Comme ça ?

— Oui.

Le père frappe du doigt à la vitre.

— Vous avez vu tous ces lièvres ?

Ils traversent la route, bondissent, affolés par l'éclat des phares.

La voix de Madeleine :

— Il n'y aura que nous chez tante Cécile ?

Le père toussote. La mère pince légèrement les lèvres, puis répond avec un petit soupir anxieux, vite étouffé :

— Il y aura encore le jeune Bertrand…

Une autre maison bourgeoise, pareille à celle où habite Madeleine, comme les deux coques d'une même noix.

Une salle à manger bien éclairée. La table est servie pour six personnes.

Brouhaha de conversations, de baisers.

— Bonsoir, bonsoir… Bonsoir, ma tante, bonsoir, mon oncle…

— Oh, mais elle a encore grandi, cette chérie, et quelle mine superbe…

— Bonsoir, Jeanne ; bonsoir, mon bon Gustave ; bonsoir, mon bon Octave…

Brusquement, tous se taisent à la fois, regardent avec des expressions diverses un jeune homme brun, de taille moyenne, assez gras, qui se tient à l'écart.

Tante Cécile dit avec une certaine solennité :

— Mes chers amis, ma petite Madeleine, permettez-moi de vous présenter le fils de nos pauvres amis Bertrand, M. Henri, qui vient d'arriver de Paris. Il vient de terminer ses études d'ingénieur. Asseyez-vous. Mets-toi là, Madeleine.

Le dîner. La soupière fumante est posée au centre de la table, sous la suspension de porcelaine.

Tante Cécile, la louche à la main, emplit les assiettes.

C'est une forte femme, la taille bien serrée, la poitrine sanglée à l'ancienne mode ; elle porte un corsage de soie à petits plis, une gorgerette de tulle ; ses cheveux forment au-dessus de son front un bourrelet gonflé comme une saucisse. Son mari a une figure épanouie de chasseur, de bon buveur. Son faux-col le gêne visiblement. Il a une voix rude et forte.

Tante Cécile et la mère de Madeleine parlent avec volubilité, tandis que Madeleine et son voisin, timides, interdits, se taisent.

— Tu as une nouvelle bonne ? Tu es contente ?

— Non, ce sont les Mouchot qui me l'ont recommandée. C'est une fille qui me paraît évaporée.

— Elles sont toutes comme ça depuis la guerre, elles n'ont en tête que Paris et le cinéma.

Et à ces paroles viennent se mêler les éclats de voix de l'oncle Octave.

— Ça pétait dans le moteur. Je lève le capot. Je regarde. Rien. Je repars. Je n'avais pas fait dix mètres que la voiture s'arrête. Je lève le capot. Je regarde. Rien.

— Ça m'est arrivé le 14 août, sur la route de Villeneuve. Ça venait du carburateur.

— Mais non, écoute, c'est plus fort que ça, tu vas voir. Je remets en marche, je pousse un peu, je fais encore dix mètres, la voiture s'arrête. Je dis : « Nom de…

— Octave !

— Je dis : « Nom d'un petit bonhomme, c'est sûrement mon sacré bon Dieu de carburateur ! » Je lève le capot. Je regarde…

La bonne pose le rôti sur la table et sort. L'oncle Octave découpe les tranches de filet de bœuf, sert les convives. On entend dans le silence :

— Vous connaissez Paris, mademoiselle ?

— Un peu, monsieur.

La salade. Tante Cécile reprend :

— Au fond, ce ne sont pas de mauvaises filles, mais c'est toujours la même histoire. Si on n'est pas tout le temps sur leur dos, elles ne font rien. Si on les surveille comme il faut : « Madame est trop exigeante, Madame est trop regardante… » Aujourd'hui, c'est tout juste si elle n'a pas laissé brûler le rôti…

— À propos de rôti, je vous fais mon compliment, Cécile, il est excellent.

— Ah, voilà, il y a un petit verre de vieil armagnac dans la sauce.

Henri :

— Vous aimez le théâtre ? Vous avez été à la Comédie-Française ?

— Oui, et aussi à l'Odéon et à l'Opéra.

— Vous êtes musicienne ?

Tante Cécile intervient vivement :

— Elle joue à ravir.

La soirée est terminée à présent. Madeleine et ses parents vont partir. La petite place devant la maison apparaît déserte, endormie, éclairée par la pleine lune. On entend :

— Bonsoir, il ne fait pas chaud… Couvrez-vous bien… Allez doucement… Bonsoir… Bonne nuit…

L'auto est partie.

Tante Cécile demande avidement :

— Eh bien ?

— Elle est charmante.

— N'est-ce pas ? Bien élevée, bonne musicienne, une excellente santé. Maintenant, pour la dot, c'est exactement comme je vous l'ai dit. Je leur en ai parlé. En principe, ils seraient d'accord ; naturellement, si vous plaisez à la petite…

— Naturellement.

L'auto roule dans la forêt ; la lune brille. La mère de Madeleine soupire, regarde à la dérobée sa fille, avec une expression tendre et anxieuse, hoche la tête, sourit, se souvient. Les branches pressées contre les vitres, dans l'étroite allée forestière, craquent longuement avec un bruit de soie déchirée.

— Il ne te déplaît pas, Madeleine ?

— Je ne sais pas, maman…

— Ma chérie, c'est très sérieux, c'est pour toute la vie…

Une étude de notaire. Henri est assis, immobile, la figure tendue, attentive. On entend la voix du notaire invisible :

— La moitié de la dot sera versée à la signature du contrat. Le reste demeure dans l'affaire de votre futur beau-père.

Tandis qu'il parle encore, que résonnent les dernières paroles dites d'une voix nette et métallique l'image a changé. C'est le jardin des parents de Madeleine. Les deux jeunes gens tournent sagement dans les allées, se tenant par le bras, tandis que la mère installée sur la pelouse dans son fauteuil de paille, les pieds sur un tabouret, les surveille en cousant. Le ciel est orageux. Les oiseaux volent bas, rasant l'herbe avec un sifflement d'ailes. Dans le poulailler voisin, on entend le cri enroué des coqs.

Henri dit tendrement :

— Vous avez de bien jolis cheveux.

Avant que la phrase soit terminée, le jardin a disparu. Dans un salon de province protégé par des housses, une vieille dame à mitaines, ses lunettes relevées sur le front, son tricot à la main, bêle doucement :

— Eh bien, c'est très bien, je suis contente, c'est un excellent parti, mon petit Henri, je te félicite, c'est une brave petite fille et la famille est excellente…

Comme un écho :

— La famille est excellente…

Mais ce sont les parents de Madeleine qui prononcent la phrase.

— Excellente… Et tu ne nous quitterais pas, puisque ton mari deviendrait mon associé. Il ne te déplaît pas, Madeleine ?

Ils sont tous assis autour de la table desservie. La lampe allumée éclaire les trois têtes rapprochées. La mère dit :

— Nous ne voulons pas t'influencer, ma petite fille… Mais c'est un bon parti. Un honnête garçon, bien élevé, qui te rendra heureuse. Nous ne voulons que ton bonheur.

— Nous ne voulons que ton bonheur, répète le père avec force.

Il est ému. Il écrase violemment la cendre sur son assiette avec le fourneau de sa pipe éteinte. Ses doigts tremblent légèrement. Il répète :

— Alors, Madeleine, il ne te déplaît pas ?

Madeleine dit, très bas :

— Non, papa.

Un silence. La mère l'embrasse vivement d'un petit baiser rapide sur la joue, s'essuie les yeux, murmure anxieusement, tendrement :

— Il a l'air d'un brave garçon…

Le père :

— Nous pourrions fixer le dîner de fiançailles au 15, le mariage au mois de juin, puisque ta grand-tante Moulins n'en a que pour six mois à vivre, d'après les médecins. Il faut se dépêcher. Votre voyage de noces coïnciderait avec les vacances, ce serait parfait.

— Mais le trousseau sera-t-il prêt à temps ?

Un mois plus tard.

Devant la porte fermée, des gamins du village attendent ; ils tiennent à la main des fleurs enveloppées dans de gros cornets de papier glacé. La porte s'ouvre. Avec un bruit de galoches raclant les dalles, ils traversent l'antichambre.

— V'là des fleurs pour vous, Mamzelle, pour le jour de votre mariage, et pis nos meilleurs vœux.

— Merci, mes enfants, allez à la cuisine, on vous a préparé à goûter.

Dans la maison, les servantes vont et viennent, l'air affairé et joyeux. L'une d'elles lave les carreaux du vestibule à grande eau. Une autre frotte les parquets. Des coups de sonnette se succèdent presque sans interruption. On apporte des cadeaux, on les déballe. Les services à liqueur, les sucriers, les lampes de chevet couvrent les tables.

Henri est au salon, il paraît préoccupé. La mère de Madeleine passe, dit :

— Vous avez mauvaise mine, mon ami.

— J'ai un peu de lourdeur à l'estomac, répond-il vivement.

— C'est l'émotion. Voulez-vous une boule ?

— Non, merci, belle-maman.

— Mais si, ça vous fera du bien. Madeleine, va chercher une boule pour ton fiancé, ma fille.

Cependant le garçon livreur de chez « François », le restaurant de la ville voisine, est introduit et attend les ordres.

— Vous direz qu'il me faut deux serveurs, recommande la mère. La glace panachée, vanille et chocolat, avec des fruits confits. Nous serons trente à table.

Elle sort.

Les fiancés restent seuls, assis sur le petit canapé raide, très loin l'un de l'autre. Ils se taisent. Enfin Madeleine dit assez timidement :

— Vous paraissez triste ?

— Moi ? Pas du tout.

— Inquiet…

— Inquiet ? Ah, non, par exemple, quelle idée…

— Vous êtes heureux ?

— Certainement, fait-il avec force. Et vous ?

On sonne en cet instant. Madeleine soulève le rideau et dit avec surprise :

— Tiens, je croyais que c'était la modiste avec mon voile.

Henri tressaille.

— Et qui est-ce ?

— Une femme que je ne connais pas.

Il se précipite vers la porte avec un mouvement d'angoisse. Mais déjà la visiteuse est entrée. On l'entend parlementer dans le vestibule. La porte s'ouvre avec violence. Elle paraît sur le seuil. C'est une femme jeune, assez modestement vêtue, l'air excessivement las et surexcité. Henri veut l'entraîner, la faire taire. Il y a une courte lutte entre eux. Elle le repousse, s'élance vers Madeleine.

— Mademoiselle, mademoiselle, cet homme est mon amant depuis trois ans ! Il m'avait promis le mariage ! J'ai un enfant de lui, un enfant, un enfant !

Elle crie, gesticule. Madeleine, muette, semble frappée de stupeur.

Henri, machinalement, répète :

— Ne l'écoutez pas, ce n'est pas vrai… Madeleine… Thérèse, voyons, taisez-vous, vous êtes folle…

Elle crie :

— C'est mon amant, mademoiselle ! Je vous jure que je vous dis la vérité ! C'est mon amant !…

Les parents accourent.

On entend encore la voix haletante, désespérée, à travers le plancher de la chambre où Madeleine s'est réfugiée. Elle est assise sur son lit ; elle serre ses deux mains sur ses genoux, son visage est pâle et égaré.

Le bruit des voix, des pleurs s'apaise peu à peu.

C'est le soir. Il fait nuit dans la chambre. On distingue à peine la forme de Madeleine écroulée sur le lit ; sa figure est enfouie dans l'oreiller ; on ne l'entend pas pleurer. Sa mère est debout, à côté d'elle. Les premiers rayons de la lune projettent sur le mur son ombre agrandie. Sa voix est calme, raisonnable.

— … Les hommes ont tous des liaisons avant leur mariage… Un homme ne vit pas comme une jeune fille…, console-toi, va… C'est une fille, une intrigante…

La route. La femme marche, le dos courbé. Les peupliers remuent dans le vent. C'est une belle nuit d'été.

De nouveau la chambre de Madeleine.

— Tu ne connais pas encore la vie… C'est la vie, Madeleine, il faut prendre les choses comme elles sont… Ça ne l'empêchera pas d'être un bon mari…

— Mais, cette femme, maman, cette femme…

— Eh bien, quoi, c'est une malheureuse…

Elle soupire, achève machinalement :

— C'est la vie…

Un écho ironique répète ses paroles, tandis que sur la route la femme marche toujours. La lune éclatante révèle dans l'ombre, entre des roseaux, un étang brillant.

La chambre de Madeleine.

— Mais, maman, si elle vient à l'église demain ?

— Mais non, voyons, mais elle n'aurait aucun intérêt à faire du scandale… Elle est partie, on lui a donné de l'argent… tu peux être bien tranquille…

L'étang miroite au clair de lune, clapote doucement entre les roseaux.

La mère reprend d'une voix un peu impatiente :

— Allons, c'est fini, hein, essuie tes yeux, descendons…

L'image disparaît.

Sur l'étang, un grand cercle s'élargit dans l'eau, comme après le choc d'un lourd objet, et s'efface. Sur la rive, le vieux petit sac noir que la femme tenait à la main est resté.

Un oiseau réveillé s'envole avec un pépiement aigu.

Une nuée d'oiseaux s'échappe du clocher. C'est le matin du mariage d'Henri et de Madeleine. Un soleil magnifique éclaire la place de l'église. Des enfants piaillent en se poursuivant entre les groupes d'invités. Des mendiants marmonnent : « La charité, s'il vous plaît… » Les cloches sonnent. Un frémissement parcourt la foule.

— Les voilà ! Je vois Mlle Madeleine !

L'église. Les chapeaux à fleurs, à plumes, ondulent, inclinés sur les paroissiens. Les demoiselles d'honneur, en robes de mousseline, tiennent avec précaution, de leurs mains gantées, le bouquet, l'aumônière. Les mariés sont agenouillés côte à côte sur un prie-Dieu.

On entend les paroles du prêtre : « Vous, monsieur, élevé chrétiennement, aurez à protéger, à garder cette jeune fille… » Le crépitement des cierges, des chuchotements étouffés : « Il fait un joli parti… Je ne le crois pas d'une très forte santé… — Un cousin de la mère est parti de la poitrine… — Un cousin à lui ? — Mais non, à elle… — Mais non, à lui… — En tous les cas, il y a de la fortune des deux côtés… »

Les cloches battent à toute volée. Aux sons de l'orgue, Madeleine et Henri sortent de l'église.

Le bruit des voix, des cloches se transforme en applaudissements. Le repas de noces s'achève. Un invité a porté un toast à la santé des nouveaux époux et se rassied. Une longue table en forme de fer à cheval est dressée dans la maison des parents de Madeleine. Les serveurs, en gros gants de fil, passent les plats. La figure de Madeleine est un peu pâle, un peu tirée ; elle a gardé sa robe blanche, son voile. Autour d'elle, elle ne voit que de larges faces bienveillantes, réjouies par le vin, la bonne chère. Des rires, des paroles bruyantes. Puis le fracas de chaises remuées dans le salon voisin se confond avec les premières mesures d'un fox-trot des années 20. Un petit garçon en costume marin fait des glissades d'un bout à l'autre de la pièce, tandis qu'une voix aiguë de fillette clame : « Maman, Jean m'a pris mon gâteau ! »

Les couples se forment. Les jeunes gens dansent. Les vieux sautillent vaguement sur place, se tiennent par la taille, à l'ancienne mode, et rient.

La musique semble s'éloigner et les sons se perdre dans le lointain. Des vagues battent un rocher. Un hôtel s'élève, face à la mer, seul éclairé au milieu de la nuit. Les vagues frappent les pierres et retombent avec un choc sourd et monotone.

Une chambre. Un grand lit. Dans la demi-obscurité, un homme endormi ronfle. C'est Henri. Madeleine est couchée à côté de lui ; son visage est tourné vers la fenêtre. Quand passe le faisceau de lumière du phare, il éclaire deux larmes qui roulent, lentement, sur ses joues.

L'image disparaît. Le bruit de la mer recule, se transforme en un vrombissement d'usine. Les bâtiments en sont un peu agrandis. Henri est au téléphone, dans son bureau. Il demande :

— Toujours rien de nouveau ?

Une voix de femme :

— Non, rien encore, mais l'enfant se présente bien. Il n'y a pas de danger.

Les sonneries de l'usine ; les chariots roulent. Un vieux contremaître passe.

— Alors, monsieur Henri, c'est pas encore fait ?

— Pas encore, père Anselme.

— Hé bé, faut ce qu'il faut, comme on dit. Espérons que ce sera un beau petit gars.

La chambre de Madeleine. On voit le dos d'un grand lit. On entend dans l'ombre une voix étouffée, tremblante :

— J'ai mal, docteur…

— Encore un tout petit moment de courage, madame.

Le jardin est plein de fleurs qui se balancent doucement dans le vent de mai. C'est le soir. Une femme ferme les volets. Une lumière passe à travers les fentes des contrevents. Une branche de lilas chargée de grappes lourdes de fleurs heurte légèrement les fenêtres. La campagne est endormie, silencieuse. Une lune d'or monte au ciel. Sous la lampe, le docteur achève d'emmailloter un petit enfant.

— Un beau petit garçon…

Un enfant pleure. Le temps a passé. Madeleine est debout auprès du berceau. Des pas résonnent dans l'escalier et une voix appelle :

— Allons, Madeleine, tu viens dîner ?

— Tout de suite, maman.

La mère apparaît, se penche à son tour sur l'enfant qui se plaint et crie.

— Maman, il a toujours de la fièvre.

— Eh bien, qu'est-ce que tu veux ? Puisque le docteur dit qu'il n'y a pas de danger ? Est-ce que tu crois que les enfants s'élèvent sans une colique ? Et puis, d'abord, si tu avais voulu m'écouter... De mon temps, on ne donnait pas de bouillie avant six mois.

— Mais le docteur de Paris...

— Le docteur de Paris n'en sait pas plus long que les autres...

Elles descendent l'escalier et leurs voix se perdent.

La salle à manger. Le dîner s'achève.

— Il fait très beau. Tu viens faire un tour au jardin, Madeleine ?

— Non, Henri, je ne peux pas... Si le petit se réveillait...

— Mais ta mère est là.

— Non, non, je n'ai pas envie, je suis fatiguée... Va sans moi, Henri.

Ils mangent et se taisent. On entend le bruit des cuillers dans les assiettes. Un verre heurté, par mégarde, par un couteau d'argent sonne brusquement dans le silence. La vibration du cristal se prolonge en une longue note mélancolique. Elle semble reprise par une jeune voix qui chante.

C'est la même nuit, une nuit d'été. Devant la maison d'une ouvrière de l'usine, dans le jardinet où sèche le linge, Henri embrasse une femme dans l'ombre.

Elle se débat, chuchote en riant :

— Laissez-moi, monsieur Henri…

Le vent fait voler des chemises suspendues à une corde. On entend à peine les chuchotements passionnés de l'homme ; on aperçoit à peine dans l'ombre, à la clarté douteuse des étoiles d'août, une forme de femme et un blanc visage renversé. Le rire de la femme cesse.

Madeleine fredonne une chanson. Elle tient sur ses genoux l'enfant endormi et le berce d'un doux mouvement rapide et machinal en lui touchant de temps en temps le front du doigt.

Cependant elle regarde, les sourcils froncés, le veston de son mari posé sur une chaise ; une fleur fanée, oubliée, est passée dans la boutonnière. Elle regarde fixement la fleur, se souvient d'un massif d'églantines pareilles et d'une fille accoudée à la barrière d'un petit jardin…

Elle prend la fleur, la respire un moment, puis, avec une expression de tristesse et de colère, la jette, berce l'enfant qui s'agite, chante à mi-voix :

Dans le jardin de mon père
Chante un rossignolet...
Chante, rossignol, chante,
Toi qui a le cœur gai...
Moi, il n'est pas de même,
Mon bonheur est passé...
Mon bonheur est passé...

Le ronron de l'usine. L'ouvrière rencontre Henri dans un couloir ; elle s'efface avec un sourire, baisse les yeux. Il chuchote, vite et bas :

— Ce soir ?

Madeleine, en longue chemise de nuit, ses cheveux nattés sur ses épaules, regarde l'heure. On entend le pas d'Henri dans l'escalier. Il s'arrête un instant devant sa porte, semble écouter, s'éloigne. Madeleine éteint la lampe et se couche.

Des cris, des rires d'enfant. Madeleine et sa mère baignent le petit garçon. Le soleil du matin fait briller l'eau de la baignoire, les dalles blanches que l'enfant éclabousse. Madeleine le prend dans ses bras, l'essuie, l'embrasse avec passion.

— Mon amour, va, mon seul amour...

La mère hoche la tête, remarque :

— Tu ne me parais pas dans ton assiette, ma fille, depuis quelque temps...

— Mais non, pourquoi ?

— Mais si, j'ai des yeux... Qu'est-ce qu'il y a ? Henri, hein ?

Madeleine rit nerveusement.

— Oh, c'est toujours la même histoire… Il me trompe avec ses ouvrières, toutes celles qui sont jeunes et gentilles y passent… voilà tout…

Un silence. La mère fait mollement :

— En voilà une idée…

— Vous le saviez donc aussi ?…

— Moi ? Mais non ! Tu es folle !

— Oh, ne te donne pas tant de mal, va… Au fond, ça m'est bien égal… C'est même ce qu'il y a de plus triste dans toute l'histoire…

Le petit, entre elles deux, gazouille, tire sur ses brassières. Elles le prennent, rient avec lui. Puis la grand-mère sort en l'emportant. Madeleine, debout au milieu de la pièce, regarde droit devant elle. Elle a un visage lassé, jeune encore, mais qui commence à se faner, avec ces premières rides au coin des lèvres, des paupières, qui sur un visage de vingt-cinq ans préfigurent, annoncent la vieillesse. Puis le pli de son front se détend légèrement ; des larmes roulent de ses yeux, se perdent dans les petits lainages d'enfant qu'elle tient à la main. Elle essuie vivement ses yeux et sort. La petite baignoire pleine de soleil brille au milieu de la pièce. L'eau devient une flaque de soleil dans la chambre où Madeleine donne ses ordres à la cuisinière debout devant elle.

— Et pour ce soir, madame ?

— Eh bien, pour ce soir, Emerance, ce sera un bon potage à l'oseille, des pâtes, puisqu'on a eu des légumes hier, le rôti de veau froid et un petit entremets.

Elle parle d'une voix lasse et monotone.

— Donnez-moi votre livre.

Elle le feuillette d'un air absent.

— Lundi 22 juin, mardi 23 juin…

Et les feuillets tournent.

Octobre, novembre, décembre…

Ils tournent de plus en plus vite. Les années passent.

Et de nouveau, Madeleine, assise à la même place, mais vieillie, avec une robe plus sombre ; l'enfant est plus grand ; un autre dort dans le berceau à côté d'elle. Seule, la cuisinière a changé. C'est une fille plus jeune, qui semble vive et délurée, les cheveux coupés courts.

Madeleine dit :

— Et pour le dîner, vous nous ferez un potage au cresson, j'ai acheté de belles soles bien fraîches, le poulet et des beignets aux pommes. Monsieur aime bien ça…

— Bien, madame…

Cependant Henri traverse les salles de l'usine, examine les machines. Il a vieilli également. Il est plus lourd, plus fort, le visage soucieux. Des ouvrières essaient de le frôler, de le faire sourire. Il ne répond pas, semble ne pas les voir, s'éloigne. Il rentre chez lui. Deux enfants jouent dans le jardin. Son fils et sa fille, qui ont sept et neuf ans. Dans l'office, Madeleine et sa mère rangent les pots de confiture.

Puis c'est le repas du soir. Les deux petits s'endorment à moitié sur leurs chaises. Le père de Madeleine et Henri lisent chacun un journal. La mère, vieillie, tassée, les cheveux tout blancs, se tait. Madeleine, de temps en temps, dit à la bonne d'un air las et machinal :

— Julienne, voulez-vous passer le pain ?

— Vous avez oublié le sel, ma fille...

— Julienne, vous savez bien que Monsieur ne peut pas supporter la crème. Donnez la petite passoire.

Un profond silence. Le rossignol chante dans le jardin. Henri bâille.

— Oh, mon Dieu, que j'ai sommeil... J'ai la digestion lourde...

— Prenez deux pastilles de Vichy, dit le père.

— Vous croyez, papa ? J'ai envie d'essayer. Qu'en penses-tu, Madeleine ?

Elle ne répond pas.

— Madeleine !

Elle tressaille comme brusquement éveillée d'un rêve.

— Mais certainement, mon ami...

Et de nouveau sa voix machinale et douce s'adresse aux enfants :

— Roger, mon chéri, tiens bien ta cuiller...

— Hélène, tiens-toi droite, ma chérie...

Henri dit pensivement :

— Il y a justement des pastilles de Vichy dans le buffet. Si j'en prenais ce soir ?

Personne ne lui répond.

Madeleine marche lentement, seule, enveloppée de son châle, dans les allées du jardin. Les fleurs éclairées par la lune se balancent doucement. Le chant du rossignol emplit la nuit. Madeleine revient vers la maison, où les lumières, l'une après l'autre, s'éteignent aux fenêtres.

Elle monte le perron, ferme la porte, met le verrou, éteint la dernière lampe. Le rossignol, qui s'était tu un instant, chante plus fort un air passionné et triomphant.

Le salon de Madeleine. Un jeune homme et une jeune femme prennent le thé avec elle. Elle dit :

— Vous allez vous ennuyer ici après Paris…

— Oh, non, madame, je ne m'ennuie jamais avec mon mari…

— Il n'y a pas longtemps que vous êtes mariés ?

— Oh, si, madame, plus de deux mois…

Madeleine rit un peu tristement, les regarde. Lui est un beau garçon, élégant. Elle est petite, brune, très jolie.

— En tous les cas, il faudra venir me voir souvent.

— Avec plaisir, madame…

Ils se lèvent. Comme elle les accompagne jusqu'à la porte, une « dame » de province entre, Madeleine présente :

— M. Jean Larare, le nouvel ingénieur de l'usine. Mme Marguerite Larare.

Quand ils sont partis, la dame braque son face-à-main dans leur direction.

— Il n'est pas mal, ce garçon. Ce sont des Parisiens ?

— Oui.

— Ah ! bon, fait-elle avec un air de désapprobation en hochant la tête ; comme elles s'habillent drôlement, les jeunes femmes, à Paris, à présent…

Un soir. Dans le petit salon paisible dont on a enlevé les housses, Madeleine joue au piano la valse d'autrefois, frivole et triste.

Henri regarde machinalement les jambes croisées de Marguerite Larare, puis se détourne, bâille derrière sa main, tire sa montre. Le père et la mère de Madeleine, chacun dans un fauteuil, dodelinent de la tête, à moitié endormis. Roger et Hélène se lancent des bourrades sournoises. Jean fixe du regard les yeux, les lèvres, les mains de Madeleine. Elle referme doucement le couvercle du piano, aperçoit le visage de Jean. Elle-même a une expression bizarre, troublée, ardente. Ils se taisent. Henri dit :

— Si tu nous faisais donner de l'orangeade, ma femme ?

Le couvercle du piano retombe avec un bruit sourd.

Un bois, par une belle journée d'automne. Un pique-nique. Des paniers déballés sont posés sur l'herbe ; un petit âne broute attaché à un arbre. Des enfants, en robes de broderie anglaise, en costumes marins, jouent, forment une ronde :

Nous n'irons plus au bois
Les lauriers sont coupés,
La belle que voilà
Ira les ramasser...

La chanson, les voix perçantes s'éloignent.

Jean et Madeleine sont seuls au milieu d'une petite clairière. Les feuilles craquent sous leurs pas ; le soleil couchant éclaire la forêt. Aux lèvres de Madeleine, un sourire doux et hagard, un peu ivre, demeure.

Il lui prend la main, la baise, mord la chair tendre du poignet.

— Madeleine.

Comme un écho, une voix répète : « Madeleine... » Mais c'est Henri qui prononce son nom, qui l'appelle. Dans l'ombre de la chambre, on voit le lit découvert, la lampe est allumée.

— Non, non, pas ce soir... laisse-moi... je suis fatiguée...

Cependant, Jean et Marguerite, chez eux, se querellent.

Elle crie avec des larmes dans la voix :

— Si, je l'ai bien vu, et tout le monde l'a vu comme moi... Vous êtes restés près d'une heure dans la clairière, et après elle était blanche comme un linge, et toi, tes mains tremblaient... Tout le monde l'a remarqué, sauf son mari, naturellement ! Tu ne m'aimes plus ! Tu es amoureux de cette petite provinciale qui n'est même pas jolie !...

La route. Les peupliers secoués par le vent. Madeleine, Jean, Roger et Hélène. Les petits courent en avant ; le bruit de leurs voix passe dans l'air doux et épais d'automne, comme un écho assourdi. Chaque fois qu'ils reviennent vers leur mère, elle les repousse de la main.

— Allez jouer...

Une auto passe. À travers la vitre apparaît un instant une figure pincée, curieuse de femme.

Madeleine dit :

— Elle nous a vus.

— Qui cela ?

— Mme Lechère, la femme du notaire.

— Qu'est-ce que ça fait ?

— Demain, tout le monde le saura.

— Nous ne faisons rien de coupable, il me semble...

— Vous ne connaissez pas la province, mon pauvre ami...

Il demande avec un accent d'involontaire effroi :

— Vous avez toujours vécu ici ?

— Oui.

Elle se tait, puis continue avec un petit mouvement d'épaules, las et résigné.

— Cette route... Quand je songe que je viens me promener tous les jours sur cette route... J'y suis venue enfant, avec ma mère... j'y suis venue jeune fille... maintenant avec mes petits... plus tard, sans doute, avec les enfants de Roger et d'Hélène... Tous les jours, près de trente ans...

Son visage s'efface. On entend l'écho de sa voix et seule demeure la longue route plate, noire de goudron frais, les deux champs gris et le soleil de cinq heures entre les peupliers.

Sur la terrasse, chez Jean et Marguerite, le dîner s'achève. Les hommes fument ; les pointes brillantes des cigarettes s'allument dans la nuit douce et brumeuse d'automne.

Marguerite verse le café, demande :

— Quelle heure est-il ? À 10 heures, nous avons la Tour Eiffel.

La radio. On tâtonne longuement autour. Enfin résonnent les airs de danse.

— Dansons, dit Henri. Venez, madame Marguerite, nous allons vous rappeler Paris.

Ils tournent ; Jean saisit Madeleine.

Tout bas, il murmure :

— Chérie... chérie... ma chérie... comme un soupir étouffé, comme une plainte.

Elle ne répond pas. Elle le regarde avec une expression passionnée qui transforme d'une manière étrange son visage paisible, vieillissant, aux traits purs.

— Madeleine, personne ne nous verra. La nuit tombe tôt en cette saison. Vous descendrez par le petit escalier derrière la maison. Il n'y a pas une âme de ce côté-là, c'est la campagne. Je vous attendrai avec l'auto… Et puis, je vous ramènerai chez vous à sept heures, et personne ne verra rien… Voulez-vous ? Demain ? Demain ? Une heure seulement, une heure… une fois…

Le lendemain. Le jour tombe. Il pleut. Madeleine le chapeau sur la tête, dit à la bonne :

— Si Monsieur me demande de l'usine, vous direz que j'ai eu très mal aux dents, que je suis allée à la ville…

La petite Hélène traîne derrière elle.

— Maman…

— Allons, laisse-moi… va jouer avec ton frère…

— Maman, tu ne t'en vas pas, dis ?

— Si, mais je serai rentrée bientôt, j'ai très mal aux dents, je vais chez le dentiste…

— Moi aussi, j'ai mal…

— Qu'est-ce que tu me racontes ? Allons, laisse-moi passer…

— Si, j'ai mal, dit la petite fille en pleurant.

Machinalement, la mère touche son front, regarde l'heure.

— C'est vrai, Hélène ? Tu n'inventes pas des histoires pour que je reste ?

— Non, maman, j'ai mal à la tête et à la gorge aussi, j'ai froid…

— Tu as froid ? Mais tes mains sont brûlantes. Viens, je vais prendre ta température…

Le thermomètre marque 40.

Un chuchotement dans la rue, sur le seuil du petit escalier.

— Jean, je ne peux pas venir, la petite est malade… Demain, peut-être…

Le lendemain. Le docteur examine la gorge de l'enfant ; Madeleine lui tient la tête ; Henri incline la lampe. Tous deux, anxieusement :

— Eh bien, docteur ?

— C'est la scarlatine, madame, sans aucun doute. Il y a une épidémie dans le pays.

L'enfant geint, se débat. Henri est écroulé, le front dans ses mains. Madeleine, doucement, lui parle, le console…

— Allons, ne t'affole pas ainsi. Ça ne va pas plus mal, au contraire… J'aime mieux qu'elle s'agite ainsi, qu'elle soit moins abattue…

— Ah, tu crois ? fait-il avec une expression d'espoir.

— Mais oui, il faut de la patience, qu'est-ce que tu veux ? Tiens, passe-moi le flacon, là-bas, veux-tu ? C'est l'heure de la potion.

Elle verse le médicament dans la cuiller.

— Bois, ma petite fille, allons vite, c'est bon.

— Je ne veux pas, maman, j'ai chaud, j'ai mal !…

Elle revient vers son mari :

— Tu devrais aller te reposer, Henri…

— Non, non, va plutôt t'étendre un peu, Madeleine. Voilà six nuits que tu la veilles.

— Je t'assure que je ne suis pas fatiguée. Et maman, comment va-t-elle ?

— Le docteur n'était pas très content, aujourd'hui. Le cœur va plus mal, et elle s'inquiète de toi et de la petite…

Madeleine soupire :

— C'est toujours comme cela, dans la vie, tout vient en série…

Un silence.

— Maman, maman…

— Oui, ma chérie, je suis là…

L'image s'efface lentement. Un jour d'hiver. Cinq semaines ont passé. Le calendrier à la tête du lit d'Hélène marque novembre.

La voix du docteur.

— Bon, ça va tout à fait bien… Vous pourrez l'asseoir sur son lit aujourd'hui et lui donner un peu à manger…

L'enfant est assise, bien calée entre deux oreillers. Madeleine la fait manger. Elle est habillée d'un vieux peignoir de flanelle, sur lequel elle a passé un tablier. Sa figure est tirée, blême.

Henri dit :

— Jean et Marguerite sont partis hier. Ils ont été bien gentils. Ils ont laissé pour la petite une poupée superbe. On la lui donnera dès qu'elle sera un peu plus forte. Madeleine murmure :

— Ils sont partis ?

— Oui, pour une quinzaine, trois semaines, à Cannes. Marguerite était un peu souffrante. Entre nous, je crois qu'elle est enceinte. C'est très bien. Je le disais toujours à Jean : « Ce qui vous manque à présent, c'est un bébé... » Ils vous donnent bien du tourment, mais il n'y a encore que ça dans la vie...

Cannes. Jean et Marguerite, en vêtements de tennis blancs, sont assis sous les palmiers, devant la mer, à la table d'une petit restaurant. Marguerite parle vite, d'une voix émue.

— Si, Jean, ce sera ainsi. Je ne veux plus que nous retournions là-bas. Écoute-moi. Je suis calme, à présent, je ne te fais pas de scènes. J'admets que Madeleine soit une très honnête femme, mais elle te plaît, ne dis pas le contraire, et elle, elle est amoureuse de toi. Alors, à quoi bon tenter le sort ? Justement, ton contrat se termine ces jours-ci. Accepte la place qu'on t'offre. Et puis, il ne faut pas me contrarier en ce moment, tu sais bien, et enfin, cela vaut mieux, Jean, crois-moi...

— Oui, dit-il en fronçant les sourcils, cela vaut mieux... Mais écoute, Marguerite, tu ne me parleras plus jamais de cela, c'est promis ?

— Promis.

Elle sourit et se tait.

Cependant Hélène fait ses premiers pas autour de la chambre aux bras de son père. La mère de Madeleine est assise dans un fauteuil, enveloppée de châles, ses pâles mains gonflées de malade posées sur ses genoux.

Elle parle d'une voix entrecoupée, essoufflée :

— Hélène a grandi. C'est toujours ainsi. La fièvre fait grandir. Elle te ressemble. Tout ton portrait, Madeleine, à cet âge-là. Oh, c'est dégoûtant, vois-tu, comme la vie est courte !

— Elle est bien assez longue, dit Madeleine, mais c'est la jeunesse qui passe vite.

Elle regarde le calendrier et la route. Les arbres sont nus. Le vent souffle.

Henri dit :

— Ah, j'avais oublié ; il est arrivé une lettre de Jean ce matin, il a trouvé une place très intéressante dans une usine de ciment à Bordeaux. Il ne reviendra plus ici.

Les mains tremblantes de Madeleine laissent tomber à terre la poupée qu'elle tenait sur ses genoux. Elle la ramasse lentement. Tout semble tourner devant elle, les visages de son mari, de sa fille ; la voix d'Henri paraît venir du fond d'un rêve.

— C'est dommage, ils étaient gentils... Ils ont envoyé un panier de fruits confits pour Roger et Hélène...

La fenêtre de la salle à manger. Des arbres dépouillés d'hiver. Les feuilles tombent. Au piano, Hélène apprend ses gammes. Le petit Roger ânonne ses leçons. Le feu brûle dans la cheminée. Madeleine coud et, de temps en temps, rêve, les yeux fixés au loin, puis tressaille, soupire, reprend son ouvrage, écoute machinalement « do, ré, mi... »

Et la voix de son fils :

— Notre pays autrefois s'appelait la Gaule, et nos ancêtres, les Gaulois. Ils vivaient dans de grandes forêts…

Il lève la tête.

— Est-ce que nous allons nous promener sur la route aujourd'hui, maman ?

— Mais oui, fait-elle d'un ton las, comme d'habitude…

De nouveau, la longue route plate qui semble s'allonger interminablement. Madeleine marche avec les enfants ; ils tiennent leurs parapluies ouverts devant eux, car le vent rabat vers leurs visages une petite pluie pénétrante et les dernières feuilles sèches. Hélène dit d'un ton désenchanté :

— Si on était allé au cimetière, sur la tombe de grand-papa et de grand-maman, au moins pour changer…

Ils s'éloignent. La route, luisante de pluie, semble monter vers le ciel bas et s'enfoncer dans l'horizon.

La salle à manger. Madeleine et sa fille sont seules. Celle-ci devient une jeune fille. Elle paraît avoir quatorze ou quinze ans. Elle est grande et forte pour son âge. Elle bâille à la dérobée, tandis que Madeleine taille activement des pièces de linge.

— Allons, ma fille, à quoi rêvasses-tu ?

— Je m'ennuie, maman.

— Tu n'as pas honte ? Travaille et tu ne t'ennuieras pas. Tiens, va faire tes gammes.

— Tous les jours la même chose !... Si tu savais ce que ça m'ennuie ces gammes, tous les jours à la même heure !...

La mère a un petit sourire ironique et triste.

— Si tu savais ce que ça m'ennuie d'entendre tous les jours tes gammes à la même heure, ma fille...

— Ah ?

— Oui.

Hélène se rapproche de sa mère.

— Mais tu n'as jamais, jamais quitté ce pays ? Tu n'as jamais voyagé, vu autre chose ?

— Non, jamais.

— Tu n'as jamais eu envie d'autre chose ?

Elle répond d'un ton égal, sans lever les yeux :

— Jamais...

Elles reprennent leurs ouvrages.

Les cloches de l'église sonnent. On entend les carillons différents. Midi. Des baptêmes. Des enterrements. Des mariages. Le tocsin... Les années passent. Les arbres fleurissent et s'effeuillent. Les nuages courent dans le ciel. Puis le joyeux bourdon des mariages sonne une fois de plus sur la petite ville. Mais c'est Hélène qui, à son tour, sort de l'église avc le même voile que Madeleine, autrefois, a porté, au bras d'un jeune homme inconnu.

Madeleine la suit, grave et un peu triste. On échange des félicitations, des poignées de mains, des baisers. Des voix s'exclament :

— Comme le temps passe...

— Il me semble que je vous vois encore, Madeleine, avec Henri, il y a vingt ans…

— Comme le temps passe…

Le sillage léger des soupirs et des paroles s'atténue et s'efface.

L'auto des jeunes mariés, dans un brouhaha confus, démarre. Roger, en uniforme de soldat, embrasse ses parents, enfourche sa moto.

— Fais bien attention, Roger, dit Madeleine.

— Mais oui, maman…

Il a disparu. Quelqu'un demande :

— Votre fils est fiancé aussi, m'a-t-on dit. Est-ce vrai ?

— Oh, ce n'est pas officiel, il se mariera quand il aura fini son service, en octobre prochain…

— Vous allez vous trouver bien seuls… Henri dit :

— C'est la vie…

Le bruit de l'usine.

Le bruit de la machine à coudre.

L'usine est plus importante, entourée de bâtiments neufs. Des ouvriers, qui semblent irrités et inquiets, passent, discutent. Henri traverse une salle ; des regards haineux, de sourds murmures mécontents le suivent. Henri parle aux délégués ouvriers.

— Tant pis, j'ai fait ce que j'ai pu pour éviter le conflit… Si vous voulez la grève…

Des voix, des cris chez le mastroquet, dans les rues du village. Cependant Madeleine, sur le seuil de sa maison, s'entretient amicalement avec les ouvrières qui passent. Elles traînent leurs enfants par la main, soupirent :

— Bien sûr que les hommes n'ont pas tort et qu'on en a assez, comme ils disent, de trimer pour engraisser le bourgeois, sauf votre respect, madame Madeleine, mais il y a pas à dire, ça les amuse, la grève. Ils parlent, ils boivent, et pendant ce temps, qui est-ce qui bouffe des briques ? Les gosses et nous. C'est pas gai, allez…

— Les femmes, dit Madeleine, paient toujours pour tout le monde…

— Ah, c'est bien comme vous dites… Quand ça va bien, il n'y en a que pour eux… et quand ça va mal, c'est sur la ménagère que tout retombe.

Elles s'en vont.

Une pierre siffle, fait voler une vitre en éclats : des galopins du village abattent à coups de fronde les fleurs du jardin. Madeleine ferme les volets. Dans le petit salon, Henri marche de long en large, Madeleine coud à la machine.

— Laisse ça, je t'en supplie, ce bruit me porte sur les nerfs !

Dehors, des bandes d'hommes traversent le village en criant des injures indistinctes.

Henri continue :

— Tu vas me faire le plaisir de partir chez ta sœur dès demain.

— Non.

— Comment non ?

— Je dis bien non.

— Mais il y a du danger, voyons ! tu ne te rends pas compte ! Les femmes sont stupides !

— Je sais parfaitement qu'il y a du danger, mais je ne suis pas poltronne. Les enfants sont mariés maintenant, loin d'ici… rien ne m'empêche de rester…

Il prend un journal, allume sa pipe, grommelle avec mauvaise humeur :

— Comme tu voudras…

Le chant de l'*Internationale* au loin. Madeleine a remis sa machine à coudre dans son étui. Une petite robe d'enfant à la main, elle coud calmement.

Une pierre, deux, trois, sont jetées contre les volets. Elle dit en riant :

— J'ai bien envie de mettre sur la fenêtre les deux vases bleus que tante Cécile nous a donnés pour notre mariage. C'est une occasion unique de nous en débarrasser, tu ne trouves pas ?

— Tu as du cran, tu sais, dit-il après un silence.

— Tu ne t'en étais pas aperçu ?

— Ma foi non, je n'avais pas encore eu l'occasion de te voir dans des circonstances pareilles.

— Heureusement !

— Oui. Je suis embêté, tu sais…

— Ça s'arrangera.

— Tu crois ?

— Mais oui.

Il se tait, sourit, et, avec une sorte de timidité, lui prend la main.

— Madeleine...

— Mon ami ?...

— C'est bien de n'avoir pas voulu quitter ton vieux mari.

Elle hausse doucement les épaules.

— C'est naturel.

Comme elle veut retirer sa main, il la retient.

— Où vas-tu ?

— Voir ce qu'il reste de provisions pour le dîner. Les bonnes sont affolées, barricadées dans la cuisine. Elles se feraient plutôt hacher en morceaux que de traverser le village ce soir. Et j'aime tout de même mieux ne pas sortir pour ne pas avoir l'air de les braver.

— Je n'ai pas faim.

— Tu auras faim ce soir.

— Au fond, on dirait que ça t'amuse...

Dans les rues du village, des lampions sont allumés aux fenêtres ; le soir tombe, des groupes d'ouvriers circulent. Devant les cabarets, des femmes, des enfants, attendent. Les sons de l'accordéon. Un bruit de disputes, de rixes qui, peu à peu, s'apaise, est traversé d'accords lointains de musique. La maison du patron. À travers les volets passe un air léger, atténué, de valse. Dans le petit salon paisible, Madeleine joue. Henri écoute, dit quand elle a fini :

— Une vraie soirée d'amoureux... C'est un peu tard à notre âge... Sais-tu qu'il y aura demain vingt-deux ans que nous sommes mariés.

— Mais je le sais bien…

— Tiens, moi, je l'avais oublié… Oui, vingt-deux ans…

Il s'assombrit tout à coup. Elle dit :

— Henri ? Pardonne-moi… Il y a longtemps que je voulais te le demander, et puis, je n'ai jamais osé… Mais ce soir, c'est différent, je ne sais pourquoi…

— Oui, va, demande…

— Cette femme, te rappelles-tu, celle qui est venue ici, la veille de notre mariage ?

Il fait signe qu'il se souvient.

— C'était vrai, ce qu'elle disait ?

— L'enfant ?

— Oui.

Il se lève, va vers la fenêtre, revient, dit d'une voix qu'il essaie de rendre indifférente :

— Oui…

— De toi ? Sans doute possible ? Qu'est-ce qu'ils sont devenus ?

— Elle est morte. Elle s'est jetée dans l'étang de la Berchc, le même jour, en sortant d'ici.

Madeleine fait un mouvement. Il continue hâtivement :

— Je n'ai pas abandonné le petit. Je l'ai fait élever… Je lui ai donné un métier…

— Allons, cela, au moins, c'est bien, Henri…

Il dit vivement :

— Madeleine, je n'ai pas été un bon mari, et j'ai fait souvent des bêtises… Je le regrette d'autant plus que tu as toujours été une femme irréprochable.

Madeleine baisse la tête avec un sourire involontaire, un peu moqueur, un peu amer.

Son silence paraît surprendre Henri. Il répète :

— Irréprochable… Tu ne m'as jamais trompé… Enfin, le supposer seulement serait une insulte. Tu n'en as jamais eu envie… Je sais bien que tu as été parfaitement heureuse, mais tu es aussi… un peu froide… Il y a certains entraînements que tu ne comprendrais pas…

Elle fait un mouvement pour protester, puis détourne les yeux, dit doucement :

— Oui…

— Mais moi, j'ai fait des bêtises… Et puisque nous parlons de cela, je voudrais te dire que je regrette… et que, depuis que les enfants ont grandi, je me suis rangé… et te demander quelque chose…

— Oui ?

— Si je meurs, je voudrais qu'on remette à ce petit cinquante mille francs… Tu trouveras son nom et son adresse dans une enveloppe dans le tiroir de gauche de mon bureau, et l'argent dans une autre enveloppe à côté. Je suis bien heureux, Madeleine, que tu prennes cela si… simplement… Cela m'a souvent tracassé… Je serais tranquille. J'aimerais seulement que cela reste tout à fait entre nous à cause de Roger et d'Hélène.

— Bien, mon ami.

— Allons, joue-moi cette valse encore une fois, et nous irons nous coucher.

Tandis qu'elle joue, des bandes d'ouvriers ivres traversent de nouveau les rues. Des coups de sifflets, des chants interrompent à chaque instant l'aérienne, la délicieuse musique de la valse.

Henri gronde :

— Ah, mais ils m'embêtent à la fin !

Il va vers la fenêtre, repousse violemment les volets.

Madeleine crie, angoissée :

— Henri ! Non ! Fais attention !

Elle veut le retenir, mais il a ouvert la fenêtre et se penche au dehors. On entend deux cris simultanés, l'un d'Henri :

— Allez-vous vous taire, bande de salauds !

Et la voix d'un petit ouvrier à l'accent étranger qui vocifère haineusement :

— Les voilà, les étouffeurs du peuple.

Une grêle de pierres s'abat. Henri tombe, atteint à la tête.

Immédiatement, le vacarme cesse. Un inquiet et frémissant silence. Les hommes reculent, puis reviennent, stationnent par groupes, chuchotent :

— C'est toi qui as fait le coup…

— Moi ? Si on peut dire ! J'étais là, bien tranquille, je ne bougeais pas…

— C'est la faute à ce Polonais de malheur !

— Eh bien, quoi, ce sont de sales exploiteurs, après tout !…

Peu à peu, ils s'en vont.

La rue du village est déserte et muette ; des éclats de vitres brisées brillent à terre. On entend le bruit des portes barricadées à la hâte.

L'enterrement d'Henri. Dans la même rue, le corbillard, orné de fleurs, va lentement. Les ouvriers endimanchés font la haie. Quand passe le mort, les casquettes sont retirées avec une sorte de gêne, de mauvaise humeur, mais tout s'ordonne tranquillement. Le piétinement de la foule en marche décroît. Un instant, on voit le petit cimetière du village. Les croix. Les oiseaux sur les tombes. La paix. Puis c'est le grondement de l'usine. Les machines marchent, tout le monde travaille. Roger traverse les salles. Il ressemble à son père. Il a un aspect plus fort, plus froid et sévère.

Cependant, Madeleine, habillée de noir, avec la coiffe et le voile des veuves, descend d'un train, dans une gare de Paris, et se perd dans la foule.

Un faubourg de Belleville. Un petit atelier de réparation de cycles. Un garçon de vingt-trois, ou vingt-quatre ans, fin, gentil, en cotte bleue d'ouvrier, se tient devant Madeleine. Ils achèvent leur conversation. Elle dit :

— J'espère que vous ferez bon usage de cet argent.

— Ce sera pour se monter en ménage, la gosse et moi.

Il a un accent parisien, vif et grasseyant, qui contraste avec les voix lentes, calmes, graves, de Madeleine et des provinciaux qui l'entourent.

— Vous êtes fiancé ?

Il rit, hausse gentiment les épaules.

— Oui… Si on peut dire… C'est une bonne petite gosse, elle gagne bien sa vie, elle est petite main chez Mme Laure, rue de Rivoli. Si, des fois, vous aviez besoin d'un chapeau, faut voir comment elle travaille…

— Ah, oui ?

— Oui.

Un petit silence embarrassé. Madeleine se lève.

— Je vous souhaite d'être heureux, mon petit…

— Merci, c'est pas de refus, Madame… Il hésite, demande assez gauchement :

— Vous voulez dire à ce monsieur qui s'intéresse à moi, à mon… enfin, mon paternel, quoi…

Elle fait un mouvement.

— Eh bien ? Il n'y a pas besoin de faire tant d'histoires, allez… Eh bien, dites-lui qu'il n'a pas besoin d'avoir peur, que je n'essaierai pas de lui causer des ennuis, je comprends la vie…

— Il est mort.

— Ah ?

Il semble apercevoir pour la première fois le voile noir de Madeleine.

— Vous êtes sa veuve ?

Elle incline rapidement la tête, murmure :

— Votre mère est morte, n'est-ce pas ?

— Il y a longtemps…

Ils se regardent sans rien dire. Il détourne le visage, achève :

— D'un chaud et froid, à ce qu'il paraît…

Elle fait un mouvement réprimé, baisse son voile, murmure :

— Vous êtes un brave garçon…

Et sort.

De nouveau, sa maison, et Roger, à présent, est en face d'elle, la figure irritée, faisant un visible effort pour se contenir et parler sans élever la voix :

— Enfin, maman, j'ai tout de même le droit de savoir où sont passés ces cinquante mille francs. Je sais parfaitement qu'ils étaient dans le bureau de papa, je les ai vus le lendemain même de sa mort. Je comptais sur cet argent pour régler le paiement des nouvelles machines, et…

— Mon petit, je te répète que c'est moi qui ai pris cet argent. Je n'ai pas de comptes à te rendre, n'est-ce pas ?

— Mais, maman, pardonne-moi, j'ai, avec la succession de papa, la tâche de mener à bien l'usine. Il faut pourtant que je sache exactement où va l'argent nécessaire à la sauvegarde de mes... — il se reprend — de nos intérêts.

La femme de Roger, jeune, sèche, un nez pointu de belette, appuie :

— Roger a parfaitement raison, Madame. Nous ne demandons pas mieux que de reconnaître vos droits de veuve, mais permettez-moi de vous rappeler que mon beau-père a certainement dû penser, avant tout, à son fils.

— Justement, dit Madeleine, avec le rare petit sourire qui apparaît sur ses traits tirés, sur ses lèvres, déjà fanées et tristes de vieille femme, justement, c'est à son fils qu'il a pensé...

— Je ne comprends pas, fait Roger interdit.

— Tu n'as pas besoin de tout comprendre, mon enfant....

— Maman !

Madeleine l'interrompt, hausse les épaules.

— Écoutez, nous allons faire une chose très simple. Vous prendrez cet argent-là sur ma part de succession. Vous me retiendrez une certaine somme par mois jusqu'à ce que tout soit réglé.

Dans l'auto, Roger et sa femme parlent tous deux à la fois, d'une voix furieuse.

— Jamais, jamais, je n'aurais cru ça de ma mère !

— Je te préviens que je ne mets plus les pieds chez elle !

— D'ailleurs, je l'ai toujours su, elle m'a toujours préféré Hélène !

Les paroles se perdent dans le bruit de l'accélérateur. L'auto a disparu ; il ne reste plus, sur la route, que la trace de ses roues imprimée dans la terre. Il pleut.

Et, de nouveau, émerge, comme du fond d'un brouillard, la maison qui paraît très grande et très vide. Madeleine, un plumeau à la main, époussette les meubles. Elle est plus forte, elle a les cheveux tout blancs. Elle ressemble vaguement à sa mère au même âge. Elle dit du même ton qu'elle, vif et mécontent, à la bonne :

— Faites attention, voyons, ma fille, vous cassez mes fleurs…

Elle entre dans le petit salon. Elle soulève le couvercle du piano, joue d'un doigt la valse de sa jeunesse, soupire. Elle essuie avec soin les photographies encadrées, celle de son père, de sa mère, de son mari, des enfants, puis un petit groupe pâlissant, où l'on distingue avec peine, à côté d'elle, jeune femme en robe blanche, Jean et Marguerite. Elle les contemple longuement, se détourne, s'approche de la fenêtre, regarde la rue.

Enfin, elle met son chapeau, appelle :

— Henriette, je serai rentrée à cinq heures, je vais chez ma fille.

La maison d'Hélène. Hélène sert le café à son mari, l'embrasse.

Quatre enfants, de sept à trois ans, emplissent le salon de leurs cris, de leurs jeux.

Le mari d'Hélène, la figure épanouie, déclare :

— On est bien chez soi, sans raseurs.

Un coup de sonnette. Ils se regardent, consternés.

— V'lan ! Je l'aurais parié ! C'est encore ta mère !

— Ah, elle exagère, dit Hélène, depuis qu'elle est brouillée avec Roger et sa femme elle est tout le temps fourrée chez nous !

— Elle est bien gentille, mais c'est assommant à la fin, on n'est plus chez soi !

— Il faudrait lui faire comprendre, mais ce n'est pas facile, les vieilles gens sont tellement égoïstes.

— Au fait, si on la faisait sortir avec les enfants ? Nous pourrions aller faire une petite balade en auto, puisque c'est aujourd'hui samedi.

Cependant Madeleine est entrée timidement.

— Je ne vous dérange pas ?

— Nous sortions justement. Mais ça ne fait rien. Veux-tu aller te promener avec les enfants ?

La route. Exactement la même. Les trois garçons courent en avant avec leurs cerceaux. Madeleine marche lentement, courbée vers la toute petite fille qu'elle tient par la main et qui dit d'une petite voix douce :

— J'aime bien me promener avec toi, grand-mère…

— C'est vrai, ma chérie ?

Un silence. Puis :

— Mais j'aimerais encore bien mieux que tu me laisses courir avec les grands !

Madeleine sourit.

— Ça viendra, ma petite-fille. Reste un peu avec ta vieille mémé en attendant...

Et leurs silhouettes et leurs voix s'éloignent. Elles montent, et, à l'horizon, quand elles ne forment plus que deux petites ombres indistinctes, le soir semble tomber d'un coup, et tout disparaît.

Paris, 1932

COLLECTION FOLIO 3€

Dernières parutions

5999. Anton Tchékhov — *Les groseilliers* et autres nouvelles
6001. P'ou Song-ling — *La femme à la veste verte. Contes extraordinaires du Pavillon du Loisir*
6002. H. G. Wells — *Le cambriolage d'Hammerpond Park* et autres nouvelles extravagantes
6042. Collectif — *Joyeux Noël ! Histoires à lire au pied du sapin*
6083. Anonyme — *Saga de Hávardr de l'Ísafjördr. Saga islandaise*
6084. René Barjavel — *Les enfants de l'ombre* et autres nouvelles
6085. Tonino Benacquista — *L'aboyeur* précédé de *L'origine des fonds*
6086. Karen Blixen — *Histoire du petit mousse* et autres contes d'hiver
6087. Truman Capote — *La guitare de diamants* et autres nouvelles
6088. Collectif — *L'art d'aimer. Les plus belles nuits d'amour de la littérature*
6089. Jean-Philippe Jaworski — *Comment Blandin fut perdu* précédé de *Montefellóne. Deux récits du Vieux Royaume*
6090. D.A.F. de Sade — *L'Heureuse Feinte* et autres contes étranges
6091. Voltaire — *Le taureau blanc* et autres contes
6111. Mary Wollstonecraft — *Défense des droits des femmes* (extraits)
6160. Théophile Gautier — *La Mille et Deuxième Nuit* et autres contes
6161. Roald Dahl — *À moi la vengeance S.A.R.L.* suivi de *Madame Bixby et le manteau du Colonel*
6162. Scholastique Mukasonga — *La vache du roi Musinga* et autres nouvelles rwandaises

6163. Mark Twain — *À quoi rêvent les garçons. Un apprenti pilote sur le Mississippi*

6178. Oscar Wilde — *Le Pêcheur et son Âme* et autres contes

6179. Nathacha Appanah — *Petit éloge des fantômes*

6180. Arthur Conan Doyle — *La maison vide* précédé du *Dernier problème. Deux aventures de Sherlock Holmes*

6181. Sylvain Tesson — *Le téléphérique* et autres nouvelles

6182. Léon Tolstoï — *Le cheval* suivi d'*Albert*

6184. Stefan Zweig — *Était-ce lui ?* précédé d'*Un homme qu'on n'oublie pas*

6210. Collectif — *Paris sera toujours une fête. Les plus grands auteurs célèbrent notre capitale*

6211. André Malraux — *Malraux face aux jeunes. Mai 68, avant, après. Entretiens inédits*

6241. Anton Tchékhov — *Les méfaits du tabac* et autres pièces en un acte

6242. Marcel Proust — *Journées de lecture*

6243. Franz Kafka — *Le Verdict – À la colonie pénitentiaire*

6245. Joseph Conrad — *L'associé*

6246. Jules Barbey d'Aurevilly — *La Vengeance d'une femme* précédé du *Dessous de cartes d'une partie de whist*

6285. Jules Michelet — *Jeanne d'Arc*

6286. Collectif — *Les écrivains engagent le débat. De Mirabeau à Malraux, 12 discours d'hommes de lettres à l'Assemblée nationale*

6319. Emmanuel Bove — *Bécon-les-Bruyères* suivi du *Retour de l'enfant*

6320. Dashiell Hammett — *Tulip*

6321. Stendhal — *L'abbesse de Castro*

6322. Marie-Catherine Hecquet — *Histoire d'une jeune fille sauvage trouvée dans les bois à l'âge de dix ans*

6323. Gustave Flaubert — *Le Dictionnaire des idées reçues*

6358. Sébastien Raizer — *Petit éloge du zen*

6359. Pef — *Petit éloge de lecteurs*

6360. Marcel Aymé — *Traversée de Paris*
6361. Virginia Woolf — *En compagnie de Mrs Dalloway*
6362. Fédor Dostoïevski — *Un petit héros*
6395. Truman Capote — *New York, Haïti, Tanger* et autres lieux
6396. Jim Harrison — *La fille du fermier*
6412. Léon-Paul Fargue — *Mon quartier* et autres lieux parisiens
6413. Washington Irving — *La Légende de Sleepy Hollow*
6414. Henry James — *Le Motif dans le tapis*
6415. Marivaux — *Arlequin poli par l'amour* et autres pièces en un acte
6417. Vivant Denon — *Point de lendemain*
6418. Stefan Zweig — *Brûlant secret*
6459. Simone de Beauvoir — *L'âge de discrétion*
6460. Charles Dickens — *À lire au crépuscule* et autres histoires de fantômes
6493. Jean-Jacques Rousseau — *Lettres sur la botanique*
6494. Giovanni Verga — *La Louve* et autres récits de Sicile
6495. Raymond Chandler — *Déniche la fille*
6496. Jack London — *Une femme de cran* et autres nouvelles
6528. Michel Déon — *Un citron de Limone* suivi d'*Oublie...*
6530. François Garde — *Petit éloge de l'outre-mer*
6531. Didier Pourquery — *Petit éloge du jazz*
6532. Patti Smith — *« Rien que des gamins »*
6546. Barack Obama — *Discours choisis*
6563. Jean Giono — *Refus d'obéissance*
6564. Ivan Tourguéniev — *Les Eaux tranquilles*
6566. Collectif — *Déclaration universelle des droits de l'homme*
6567. Collectif — *Bonne année ! 10 réveillons littéraires*
6579. Honoré de Balzac — *La Vendetta*
6580. Antoine Bello — *Manikin 100*
6581. Ian McEwan — *Mon roman pourpre aux pages parfumées* et autres nouvelles
6582. Irène Némirovsky — *Film parlé*
6618. Chimamanda Ngozi Adichie — *Le tremblement* précédé de *Lundi de la semaine dernière*

6619. Elsa Triolet	*Le destin personnel* suivi de *La belle épicière*
6650. Collectif	*Tous végétariens ! D'Ovide à Ginsberg, petit précis de littérature végétarienne*
6651. Hans Fallada	*Voyous, truands et autres voleurs*
6652. Marina Tsvétaïéva	*La tempête de neige – Une aventure. 2 pièces romantiques*
6653. Émile Zola	*Le Paradis des chats* et autres textes
6693. Corinne Atlan	*Petit éloge des brumes*
6694. Ludmila Oulitskaïa	*La soupe d'orge perlé* et autres nouvelles
6695. Stefan Zweig	*Les Deux Sœurs* précédé d'*Une histoire au crépuscule*
6727. Marcel Proust	*Vacances de Pâques* et autres chroniques
6728. Jane Austen	*Amour et amitié*
6742. Marguerite Yourcenar	*Les Songes et les Sorts*
6743. Les sœurs Brontë	*Autolouange* et autres poèmes
6744. F. Scott Fitzgerald	*Le diamant gros comme le Ritz*
6745. Nicolas Gogol	*2 nouvelles de Pétersbourg*
6746. Eugène Dabit	*Fauteuils réservés* et autres contes
6778. Annie Ernaux	*Hôtel Casanova* et autres textes brefs
6779. Victor Hugo	*Les Fleurs*
6798. Chimamanda Ngozi Adichie	*Nous sommes tous des féministes* suivi du *Danger de l'histoire unique*
6812. Ray Bradbury	*La fusée* et autres nouvelles
6813. Albert Cossery	*Les affamés ne rêvent que de pain* précédé de *Danger de la fantaisie*
6814. Georges Rodenbach	*Bruges-la-Morte*
6863. Zéno Bianu	*Petit éloge du bleu*
6876. Kazuo Ishiguro	*2 nouvelles musicales*
6888. Ovide	*Pénélope à Ulysse* et autres lettres d'amour de grandes héroïnes antiques
6889. Louis Pergaud	*La tragique aventure de Goupil* et autres contes animaliers
6890. Rainer Maria Rilke	*Notes sur la mélodie des choses* et autres textes